ハヤカワ文庫 SF
〈SF2414〉

宇宙英雄ローダン・シリーズ〈693〉

三角座銀河の物質シーソー

クルト・マール&ペーター・グリーゼ
赤根洋子訳

早川書房
8962

PERRY RHODAN
DIE MATERIEWIPPE
RAUMSTATION URIAN
by

Kurt Mahr
Peter Griese

Translated by
Yoko Akane
First published 2023 in Japan by
HAYAKAWA PUBLISHING, INC.
This book is published in Japan by
arrangement with
PABEL-MOEWIG VERLAG KG
through JAPAN UNI AGENCY, INC., TOKYO.

目次

三角座銀河の物質シーソー

三角座銀河の物質シーソー

クルト・マール

登場人物

レジナルド・ブル（ブリー）……テラナー

グッキー………………………………ネズミ＝ビーバー

ガルブレイス・デイトン…………Ｘドア宙域の保安責任者

ニッキ・フリッケル………………三角座銀河情報局（ＰＩＧ）チーフ

ウィド・ヘルフリッチ……………同副チーフ

ナークトル……………………………同要員。スプリンガー

スペンス・ハーボウ………………《ヴェンロ》操縦士

ヴェロム・サヴ・アアルド………ハウリ人。惑星アシュカル指揮官

キュエル・カル・サイイト………同。水使い

1

それは優に三週間前のことだった。

ゆりかごのような台に、金属製の卵がのっていた。その卵はヴァリオ＝500ロボットの本体部分だった。この特別なヴァリオ・ロボットは、しかるべきマスクを装着したときには〝皇帝陛下〟と呼びかけられていたし、自分自身、惑星オリンプの皇帝の座をけっして放棄していないことを、だれかれかまわず態度でしめしていた。皇帝のマスクをつけているときのかれの名前は、アンソン・アーガイリスといった。

だがいま重要なのは、惑星オリンプの帝位ではなく、ゆりかごのようなこの台に何十ものセンサーポイントがついていることだった。卵が台の正しい位置に置かれると、卵の表面についている放射接点がセンサーポイントに接触するしくみになっている。ゆりかご自体がロボットのような機械なのだ。ゆりかごの外壁から、触手のような把握・操作ユニットが伸びている。この触手を使ってゆりかごは金属製のロボット本体をすこしずつ動かして位置を調節していたが、やがて、がらんとした部屋の天井近くを浮遊している音響フィールドからアナウンスが聞こえてきた。

「接触百パーセント。本体をこの位置に保持する」

　すると、それまで忙しく動いていた触手が凍りついたようにかたまった。触手が金属製の卵をつかんだまま硬直したので、卵の動く余地は〇・一ミリもなくなった。センサーポイントから放射接点をつうじて、コンピュータ・コマンドがヴァリオ＝500内部に流入する。コマンドを受けて、ヴァリオ＝500はメモリの内容をすべて吐きだした。センサーポイントに接続しているシントロニクスが、ほんの数秒のうちに全メモリのコピイを作成する。

　それ自体はかなり地味なこのプロセスを、ふたりの人間が注意深く見守っていた。それまでふたりとも無言だったが、そのときニッキ・フリッケルが口をひらいた。

「ヴァリオ自身にデータを分析させなかったことで、かれは気を悪くするわね」

「たしかにかれには、われわれの行動のせいで気を悪くする能力がそなわっている」レジナルド・ブルがいった。「だが、ヴァリオ自身に分析をまかせるよりも、分析専用のシントロニクスを使ったほうがはやくすむことをかれはわかってくれるだろう」

　ニッキ・フリッケルはとなりにいるブルを奇妙な目つきで見た。ニッキはすらりと背の高い、七十三歳の女性だ。「女ざかりの年ごろ」と、よく自分でいうが、平均寿命がおよそ二百歳であることを思えばあながちうぬぼれともいえない。繊細な魅力の持ち主だ。以前は外見的にも性格的にも男性的だったのだが、年齢を重ねるにつれて角がとれてきた。

「あなたはすこし事務的すぎます」と、彼女はいった。「あれを心配しているのですね」

　レジナルド・ブルの外見は、旧暦一九七六年に最初の細胞シャワーによって老化が停止して以来、ほとんど変わっていなかった。かれは相《あ》いかわらず、自由気ままで屈託のない三十八歳の男だった。だが、その栗色の目を見れば、かれが賢者であることは明らかだった。レジナルド・ブルは二千九十六歳。二千年以上もの人生経験が、消しがたい跡をのこしている。

「もちろん、あれを心配している」かれは金属製の卵をじっと見すえながらいった。「十一月三十日に、ハウリ人が物質シーソーを使って三角座銀河全体をタルカン宇宙へ遷移しようとしている。物質シーソーがどこにあるかはまだわからない。発見が間に合わなかったら、どうなると思う？」

「きょうは十月七日」と、ニッキ・フリッケルは答えた。「問題の日まで、まだ二カ月近くあります。そのあいだに……」

彼女の言葉は、シントロニクスの音声によって中断された。

「データの構造から判断して、雑然とした座標がふくまれると思われるメモリ領域が存在します」と、よく調整された合成音声がいった。「解読には若干の時間を要します」

ブルは立ちあがった。

「結果が出しだい、報告してくれ」と、かれはいった。

＊

五時間以上たってようやくシントロニクスが報告してきたとき、レジナルド・ブルはぐっすり眠っていた。悪態をつきながらかれはエアマットレスから飛びおき、冷水のシャワーを浴びて眠気を無理やりさますと、数分のうちにコンピュータ・ラボへ向かった。入口で、ニッキ・フリッケルとはち合わせする。

ふたりは、明るい照明のついた殺風景《さっぷうけい》なコンピュータ・ラボにいっしょに足を踏み入れた。ゆりかごはもうそこにはなく、ヴァリオ＝５００の金属製の本体はとりはずされていた。

「発見された座標群を、ハウリ人の物質シーソーのありかをしめしている確率が高い順にならべてみました」と、シントロニクスの音声が説明をはじめた。「座標群のなかから、八十パーセント近い確率で物質シーソーのありかと関連のあるものがひとつ見つかりました」

　レジナルド・ブルはうなずいた。

「その座標群はどこをしめしている？」かれはたずねた。「座標群がしめしているのは特定のポイントではなく、宙域なのです」と、コンピュータは答えた。「その宙域内には、三角座銀河周縁の球状星団マルティ－5があります」

　ブルの口からヒューッという声がもれた。

「球状星団だって？」くさった林檎をかじってしまったような顔でいう。「大きいのか？」

「平均的な大きさです」コンピュータは答えた。「およそ二十万から二十五万個の恒星が集まってできている星団です」

　レジナルド・ブルは大きく息を吐いた。

「物質シーソーの位置をもっと厳密に割りだすことはできないのか？」かれはたずねた。

「ヴァリオによってもたらされたデータでは無理です」と、シントロニクスは答えた。

「物質シーソーが配備されている惑星におそらく関係していると思われる名前がひとつだけあります。アシュカルという名前です」

　ブルは短く刈りこんだ髪をなでた。

「アシュカルか」ブルはつぶやいた。「二十万個の恒星系のなかから惑星をひとつ探しだすのか」

*

そのちいさな談話室は、《バジス》のひろい中央司令室からすこしはなれたところにあった。ヴァリオ＝500はオリンプ皇帝のマスクをつけている。服装の好みがいまだに変わらない船長のウェイロン・ジャヴィアは、タートルネックのセーターに汚れた作業着という、大昔の自動車整備工のような格好だ。ガルブレイス・デイトンはまるでビジネスマンだ。ダークグレイのストライプのベストに同素材のゆったりとしたズボン。ベストの下は、首元の開いた、大きなショールカラーがついた薄むらさき色のシャツ。ニッキ・フリッケルは、均整のとれた女性らしい体形を引き立てる、ぴったりとしたスーツのような服を身につけている。レジナルド・ブルは、だれもが見なれたライトグリーンの宇宙服姿だ。

「二十万個以上もの恒星のなかからたったひとつの惑星を探しだそうとは思っていない」と、ブルは説明した。「そんなことをしてもむだだろう。あと七週間半しか時間がのこされていないのだから」

「問題のステーションが」と、アンソン・アーガイリスがいった。「容易に検出できる特有の放射線を出している可能性はあると思います。そうであれば、物質シーソーの発見が早まる可能性だってある」

「そんな考えは危険すぎる」レジナルド・ブルが提案を却下する。「ハウリ人が自分の計画に自信を持っているなら、かれらは決行直前に物質シーソーを作動させるだろう。それから動きだしたのでは、時すでに遅しだ」

「三角座銀河情報局、ＰＩＧはＭ－３３にあるハウリ基地を十二個所以上把握しています」ガルブレイス・デイトンがニッキ・フリッケルを横目で見ながらいった。「基地のひとつに攻撃をしかけ、ハウリ人に惑星アシュカルの詳細な座標を白状させましょう」

「白状させる？　どうやって」ブルがいらだたしげにいった。「ハウリ人は根っからの殉教者気質だ。任務遂行中に死ねば、まっすぐ支配者ヘプタメルの楽園にいけると思っている」

　ウェイロン・ジャヴィアは前かがみになってほおづえをついていた。その体勢のまま、レジナルド・ブルを見あげていう。

「わたしの提案も、あなたは即座に却下するのでしょうが」と、かれはいった。「その前に、あなた自身なにか考えがあるのかどうか教えてもらいたいですな」

「ハウリ人からうまく聞きだす必要がある」と、ブルはいった。「物質シーソーのありかをかれらが自分からもらすようにしむける必要がある」

「なるほど！」と、ウェイロン・ジャヴィア。「そんなかんたんなことだとは知りませんでしたよ」

「ふざけてる場合じゃないわ」ニッキ・フリッケルがたしなめる。「それは本当にいいアイディアよ」

「本当にかれに考えがあるとでも？」ジャヴィアは驚いていった。「それなら、その妙案とやらを早く聞かせてもらいたいものだ」

ブルは動じなかった。

「ハウリ人の技術は高度に発達している」と、かれはいった。「だが、くわしく比較できたわけではないにせよ、すくなくともある一面ではわれわれのほうが上だということがわかっている。かれらはわれわれと同じように連続体からエネルギーを得ているが、その連続体のエントロピーはわれわれが利用している連続体のそれよりも低い。だが、かれらの移し替え技術はハイパートロップ原理に遠くおよばない。だから、ハウリ人はわれわれのハイパートロップ吸引装置をしつこくつけねらっている。三角座銀河外縁部の惑星フィニステレなどで、そうした事例がすでにしばしば明らかになっている」

「どうするつもりです？」と、ウェイロン・ジャヴィアがたずねた。「ハウリ人にハイパートロップを売りこむのですか？」

「いいや。かれらの鼻先にぶらさげて見せびらかしてやるんだ。手を出さずにはいられなくなるほど」

「説明してくれますか」と、ガルブレイス・デイトンがいった。

「もちろんだ」レジナルド・ブルはにやりと笑った。「そのためにきみたちを呼んだんだ」

＊

四四七年十月九日、銀河系周縁のロー＝１５三角座宙域に設置されたハイパー通信ステーション、三角座ベータにハイパー通信リレーをつうじて次のようなメッセージがとどいた。

「アルドゥスタアル北宙域の惑星メランシェ管理当局から、サヤアロンのカルタン人の友たちへ。この送信は、カルタン人高位女性の依頼と許可によりおこなわれる。

植民惑星の従来型エネルギー供給施設が、あいつぐ自然災害によって甚大な被害をこうむった。従来の方法によってこれを再建するには時間がかかり、住民は想像を絶する苦難を何カ月間も耐えしのばなければならなくなる。

サヤアロンのわれらが友たちがカルタン人よりもはるかに進んだエネルギー供給手段を有していることをわれわれは知っている。助けてほしい。十五カルタン日以内に救済措置がとられなければ、いままで生きのびた者たちもメランシェから退去するほかなくなるだろう」

ハイパー通信ステーション、三角座ベータは、メッセージの受信と転送をおこなう、銀河間通信専用のツールだ。三角座銀河からのメッセージのあて先が〝サヤアロンの友たち〟というきわめて広大な範囲をしめすものだったため、このメッセージはギャラクティカム本部へ送られた。だが、通信スペシャリストのなかに、同僚よりも視野のひろい者が一名いた。もしかしたら、それはかれが賢明だったからではなく別方面から指示を受けていたせいだったかもしれない。いずれにせよ、かれはメランシェのメッセージのコピイをとり、優先チャンネルをつうじてそれをテラニアへと送った。

二時間とたたないうちに、くだんの通信スペシャリストはテラニアからのハイパーインパルス通信を受けとった。三角座銀河北宙域惑星メランシェへの転送が確定しているそのメッセージは、次のような内容だった。

〝サヤアロンの友人たちより植民惑星メランシェの管理当局へ。救援物資がそちらへ向かっている〟

その数分後、ふたたびメッセージがとどいた。

〝宇宙ハンザ本部からコズミック・バザール、ロストックへ。三角座銀河植民惑星メランシェからの救援要請のコピイを添付する。バザールの在庫から、最低出力二百テラワットのハイパートロップ吸引ステーションをただちに送ること。輸送には適切な人員がつき添うこと。ステーションの設置を遅滞なくおこなうこと。救援要請メッセージを参照のこと〟

つづいて、惑星メランシェのカルタン人が送ったメッセージが送られてきた。このメッセージはロストックの責任者たちの心を動かすだろう。コズミック・バザールは、《バジス》から数光年はなれたポイントに位置している。異銀河ハンガイのストレンジネス障壁のすぐ近くだ。《バジス》とロストックとの連絡のために、独立したハイパー通信リレーが設けられている。

通信スペシャリストは、惑星メランシェあてとロストック・バザールあてのメッセージを最速ルートで転送した。

＊

ひとり乗りスペース＝ジェットのエアロックから出てきたレジナルド・ブルは、疲れたようすだった。セラン防護服のヘルメットが自動的に開いて折りたたまれ、ひだ襟と一体化して目立たなくなる。レジナルド・ブルの顔には深いしわが刻まれている。目が赤い。スペース＝ジェットの到着を待ちうけていたものとおぼしき、格納庫の奥にひとりたたずむ人影に、おぼつかない足どりで近づいていく。

「死んでしまう」と、ブルはぼやいた。「こんなこと、人間に要求するほうがまちがっている」

「みんな、耐え抜くしかなかったんですよ」と、人影はいった。「全員が耐え抜いた。フライトも二度めとなると、最初のときよりはましだったのでは？」

レジナルド・ブルは水色の目でじっと相手を見た。

「ましだったかって？」と、あえぎながらいう。「胃がひっくり返り、目が飛びだし、舌が焼けた煉瓦《れんが》みたいになってるのに、前回はもっとひどかったかどうかなんて考えてるひまはない。ガルブレイス、いっておくが、わたしはこんな苦行に耐えることによって、人類の幸福と利益に献身していることを証明しているんだ」

Xドア宙域の保安責任者はほほえんだ。

「じきに勲章がもらえますよ」と、かれはいった。「どこまで行ったんですか？」

「目標恒星プロキシマ・ハンガイまでだ」と、ブルは答えた。「ストレンジネス障壁を突破したとき、初回と同じく気を失った。だが今回は一時間たらずで意識をとりもどした。そのあいだ、スペース＝ジェットは自動操縦で飛行していた。ひどく気分が悪かったが、わたしはなんとか手動でコースをプロキシマ・ハンガイに合わせ、スペース＝ジェットが恒星のまわりを大きなカーブを描いて飛ぶのを体感した。帰り道はふたたび自動操縦だった。二度めのストレンジネス障壁突破のさいには、意識を失うことはなかった。スペース＝ジェットをここへもどし、手動で格納庫に入れたというわけだ」かれはため息をつき、肩を落とした。「十時間ほど睡眠が必要だ」

　ガルブレイス・デイトンは友の肩に手を置いた。

「あと二回フライトすれば、ストレンジネス耐性がつきます」と、かれはいった。「創造主に感謝するんですね。ハンガイ銀河の第二クオーターが通常宇宙で物質化して半年以上たったいまになって、はじめてこの試みに乗り出したことを。ニッキ・フリッケルのことを思いだしてください。物質化したばかりのハンガイ銀河の第一クオーターに進入したんですよ。その後、彼女が意識をとりもどすまでには五カ月もかかった。ストレンジネスは沈静化してきた。じきに、これを心配する必要はなくなるでしょう。だが、目下のところはまだ、ハンガイにかかわる者は全員、ある種の免疫をつけることが重要なんです」

「だが、どうしてわたしが？」ブルが抗議する。「わたしの目標ポイントは三角座銀河周縁だ。どうしてわたしがこんな苦行に耐えなければならない？　ハンガイ銀河に行くつもりは毛頭ないのに」

「アシュカルでなにが起きるか、あなたにもわからないでしょう」と、デイトン。「あなたがハウリ人を敗走させたとする。かれらが逃げこむ先はどこだと思います？　ハンガイ銀河に決まっている。免疫をつける訓練をいやがったばっかりに、あなたはかれらに逃げられてもいいんですか？」

やめてくれよといわんばかりに、レジナルド・ブルは手ではらうしぐさをした。

「もういい」かれはうなった。「ぼろぞうきんみたいにくたくたなんだ。こんな拷問のメリットを理解しろというほうが無理だ」

ふたりはならんでハッチのほうへ歩いていった。

「《シマロン》チームも最近あなたと同じ苦しみに耐えていると聞いたら、なぐさめになるかもしれないな」

「《シマロン》だって？」と、ブルが聞きとがめる。「なんだそれは？」

「あなたの新しい宇宙船ですよ」デイトンがさらりと答える。

「ほう、ようやくこの老骨に宇宙船一隻をあてがってくれる気になったのか？」と、ブルは皮肉っぽくいった。「どんな船なんだ？　遷移エンジンつきのシリンダー船か？」

「違います」と、デイトンは笑いながらいった。「われらが元国家元帥にしてヴィーロ宙航士にはもっといいものがふさわしい。《シマロン》は新型宇宙船です。乗員は千二百五十名。動力は高性能メタグラヴ・エンジン、最高速度は光速の六千五百万倍。最新鋭の武器。大型シントロニクス八台の結合体によって中央制御される」

「ベクトリング可能なグリゴロフ・プロジェクターは？」と、ブルがたずねる。

「あつかましくなってきましたね」と、ガルブレイス・デイトン。「いや、それはまだです」

「それじゃ、それも装備してくれ」と、ブルがいう。「《シマロン》をいつ見せてもらえる？」

「試運転にまだ十日かかります。そのあいだに、乗員に部分免疫をつけさせるためハンガイへの飛行が四回予定されてます」

「十日間か」と、ブルはしばし考えていたが、突然なにかを思いついた。「くそ！　そのときわたしはもう……ロストックはどうなっている？」

「すべて計画どおり」と、デイトンはいった。「出発は四日後です」

「周知はされているのか？」

「それはもう大々的に。ロストックからは、ハイパートロップの設置場所を決めるため、植民惑星の地形図を送らせました。メランシェ住民のほうは、もう送ってくれたのか、いつ着くのかと、毎日三回もせっついてくる。状況がますますひどいことになっているというのが表向きの……」

「ちょっと待ってくれ！」レジナルド・ブルは友の言葉をさえぎった。「かれらは本当に困っているんじゃないのか？」

「かれらのメッセージから想像されるほど、実情はひどくはないんですよ」デイトンが答える。「メランシェで自然災害がつぎつぎに起きたことは事実です。ハウリ人側が真相究明に乗り出す事態は想定しておかなければならないから、災害がでっちあげというのではまずい。とはいえ、メランシェのエネルギー供給が麻痺したのは自然災害のせいではない。住民自身が麻痺させたんです。ハイパートロップを提供すると約束したところ、かれらはエネルギー供給を麻痺させる用意があるといった。現在、惑星メランシェには電力がない。空調も冷却装置も使えない。ハイパー通信には緊急用ユニットが使われている。メランシェはかなり暑い惑星です。たださえ寒冷地に慣れたカルタン人には不快な暑さでしょうね」

「代替ハイパートロップの輸送は準備されているのか？」ブルがたずねる。

「もちろんです」デイトンはにやりとする。「メランシェの住民がこんなに前向きに協力してくれているのに、かれらを見捨てるわけにはいかないじゃないですか。あなたの計画が実際に成功したら、メランシェ入植者たちは失われたハイパートロップの代替品を二十四時間以内に受けとるでしょう」

　レジナルド・ブルは満足げにうなずいた。

「よし。それじゃあ、きみはハウリ人がこれを嗅《か》ぎつけているにちがいないと思うんだな？」

「そうです。かれらがよほど注意散漫でなければね」ガルブレイス・デイトンはいった。

2

「ここは居心地がわるいな」ナークトルは文句をいった。ひろい肩幅、もじゃもじゃの真っ赤な頭髪、同じく真っ赤な髭《ひげ》といったその見た目といい、そのがらがら声といい、かれは典型的なスプリンガーだった。

「戦士には文句をいう権利はない、とスパルタクスはいった」と、奇妙なかたちをしたその部屋の反対側の端から、よく通る声が返ってきた。「なぜなら、戦士は自分の職業を自分で選んだのだし、不快な目に遭う対価として高い俸給を得ているのだから、とね」

「聞いてくれ、馬面《うまづら》！」と、スプリンガーはがらがら声でいった。「わたしはテラの歴史にはかなりくわしいんだ。スパルタクスは逃亡奴隷だった。そんな長い格言をひねり出せるような教養の持ち主だったはずがない」

「黙りなさい！」ニッキ・フリッケルが大声を出した。「そのインテリぶったくだらない話を聞いてると、いらいらしてくる」

「承知いたしました、司令官どの」ウィド・ヘルフリッチはそっけなく答えた。

ニッキはとり合わなかった。ここで反応したら、格言をさらに披露する機会をウィドにあたえるだけだ。レジナルド・ブルはひとり、にんまりしていた。ＰＩＧスペシャリスト三名のじゃれ合いのような口論は、かれらが上機嫌であることのあかしだった。目下の状況から考えて、これはけっしてあたりまえのこととはいえなかった。ナークトルのいうとおり、ここは居心地がわるい。ここは、長さ八メートル、直径十二メートルのシリンダー型の空間だ。壁と床と天井は、なんの加工もされていないむき出しのポリマー金属製だ。コマンド部隊の構成員五名の就寝用マットレスが、弧を描く床に接着剤でくっつけられている。そのほかには、日常使いの家具はなにもない。就寝時以外は、立っているかマットレスにすわるかしかない。生理的欲求に配慮した設備がふたつ用意されている。後部の間仕切り壁にドアがふたつあり、ひとつはちいさなユニットバスに、もうひとつは、食事のための部屋……〝キッチン〟と呼ぶには語弊があるが……につうじている。

コマンド部隊の構成員のうち四名は、およそ一時間前にこの奇妙な宿所に入った。ギャラクスター級の大型輸送宇宙船《ヴェンロ》は臨界宙域を飛行している。次にハイパー空間から浮上して位置確認行動をとるときには、球状星団マルティ－5から二百五十光年、メランシェからはおよそ七百光年はなれたポイントに進んでいる。レジナルド・

ブルの計算どおりなら、これは次回の位置確認フェーズのあいだに起きるだろう。ハウリ人は銀河系の宇宙飛行技術を知っている。《ヴェンロ》がたった一回の超光速飛行でのこりの距離を移動することをかれらは予測できるだろう。

　コマンド部隊にだれを選ぶかは、すぐに決まった。指揮をとるのはレジナルド・ブルだ。かれがその計画の発案者だったのだから、それは当然だった。出動ポイントがＰＩＧの管轄である三角座銀河内に位置しているため、ニッキ・フリッケルの参加は必須だった。ニッキは、ウィド・ヘルフリッチとナークトルも同行させることを提案した。かれらはストレンジネス免疫獲得訓練を受けていたし、ハウリ人との戦闘経験もあった。五番めの参加者は、自分から押しかけてきた。親友がこんな危険な目にあうのをほうっておくわけにはいかないから、というのがかれの参加理由のひとつだった。アシュカルにはおそらくニンジンはないぞといわれても、かれは意志を変えなかった。レジナルド・ブルはその熱意に負け、同行を認めたのだった。五人めの参加者がいざというときにたよりになる能力の持ち主であることも、ブルの決断を後押しした。

　コマンド部隊がいまかくれているシリンダー型の空間は、ハイパートロップ吸引アンテナの一セグメントの内部にあり、他連続体から吸いとったエネルギーを貯蔵可能なエネルギー形態に変化させる変換室のすぐ前に位置している。変換室は、ハイパートロップ・システムのもっとも精密な要素だ。ハウリ人がハイパートロップのことをすべてわかっていると過信していないかぎり、変換室には近よらないだろう。ここにダメージでもあたえようものなら、システム全体をだめにしてしまうからだ。だが、ハウリ人はずる賢く疑い深い。ハイパートロップ・システムは一種の〝トロイの木馬〟なのではという疑念を持つかもしれない。そうなれば、かれらはハイパートロップを綿密に調べるだろう。コマンド部隊のかくれ場を変換室近くに配置したことでレジナルド・ブルや同行者が発見されずにすむかどうかはいずれわかることだ。安全だという保証はまったくない。

技術的装備という点では、かくれ場は申し分なかった。計測機器や通信装置はなんでもそろっている。《ヴェンロ》周辺や船内の重要な区画は常時モニターできるようになっている。レジナルド・ブルの寝床の下はもの入れになっていて、なかにポータブル転送機が収納されている。これが作戦終盤に重要な役割をはたすはずだ。全装置を一度の操作でいっせいにオフにし、いどころを知られる危険性のある散乱放射を遮断できる主スイッチも、もちろん装備されている。

レジナルド・ブルは、右上の奥歯にくっついているふくらみを舌で探った。計画が成功すれば、その成果は、たんに物質シーソーの稼働を阻止できるというだけにとどまらない。

《ヴェンロ》は根本的にはロボット船だ。正規の有機体乗員は、百六十二歳のスペンス

・ハーボウただひとりだ。かれは自発的にこの作戦への参加を申しでた。作戦の真の目的と状況は知らされていないものの、危険な作戦だということは承知のうえだ。ハウリ人は悪魔のような敵だ。死こそが支配者ヘプタメルの楽園に直結する道だと信じているかれらには、生に執着する者の存在が理解できない。スペンス・ハーボウがハウリ人の手に落ちた場合、かれの身になにが起きるかは定かではない。だが、この出動から生きて帰れない場合もあることを覚悟しておく必要はある。

《ヴェンロ》はまもなく、亜光速フェーズに入る。このフェーズの継続時間は三十八時間と設定されている。位置確認自体にはほんの数分しかかからない。だが、《ヴェンロ》にはもうひとつ任務があたえられている。M-33こと三角座銀河は銀河系諸種族にとっていまだ未知の領域だ。そこでM-33にむかう銀河系の船はかならず、できるだけ多くの測定をおこなうようにとの指示を受けている。銀河系からやってくる全宇宙船がこうした測定をおこなっていることに、ハウリ人はすでに気づいているにちがいない。だから、《ヴェンロ》が時空連続体に三十八時間とどまっても、それを異例の事態とは見なさないだろう。

レジナルド・ブルは寝床のうえで手足を伸ばし、枕元のスイッチを押した。すると、マットレスがふくらんで寝心地のいいかたちになった。ブルは寝ころんだまま、さまざまな装備を操作するためのコンソールに楽々と手を伸ばした。外部モニターのスイッチを入れると、そこにうつしだされたのは偶然にも、《ヴェンロ》がハイパー空間を出て四次元時空連続体にもどった瞬間の外界のようすだった。

画面上にグレイの縞《しま》模様がゆらめいたのち、画像が安定した。カメラはＭ－３３銀河のハローに向いている。そこに星は数えるほどしかないが、明るい一光点が目を引く。それが、ハウリ人の物質シーソーがある球状星団マルティ－５だ。二百五十光年の彼方から見ても、それは息をのむような景観だった。大きさといい明るさといい、それは銀河系の名高いＭ－１３星団……アルコン人のかつての大帝国の中心……にも引けをとらなかった。

レジナルド・ブルは、いまにもハウリ宇宙船のきらめく反射が見えるのではと期待しているかのように、漆黒の宇宙をのぞきこんでいた。もちろん、それがまだまだ先のことだということはわかっている。《ヴェンロ》がハウリ人の探知スクリーンに捕捉されるのは、そもそもかれらが餌《えさ》に食いついてからなのだ。《ヴェンロ》を捕捉することになる部隊はすでに発進準備が完了していることだろう。いまにも警報が出されるところかも。ハウリ船には、メタグラヴ・エンジンに類似の原理で作動する高性能エンジンが搭載されている。それでも、ヘクサメロンの門徒が《ヴェンロ》に接近してくるまでにはまだ数時間かかるだろう。

レジナルド・ブルは、眠気が押しよせてくるのを感じた。作戦の重要段階がはじまる前に数時間の休息が必要だと考えたサイバー・ドクターがかれに軽い鎮静剤を投与していたのだ。ブルが時計を見ると、そこには、四四七年十月三十日テラニア時間十一時十八分と表示されていた。ウィド・ヘルフリッチとナークトルがまたいい合いをはじめたのを聞きながら、ブルは寝入った。

＊

しゅっという、聞きおぼえのある音で目がさめた。突然なにかが実体化したさい、その場所にあった空気が押しのけられて発生するあの音だ。ブルが目を開けると、寝床の足もとにイルトがうずくまっていた。

「はじまるよ、太っちょ」グッキーはいった。

レジナルド・ブルはたちまち覚醒した。ヴィデオ・スクリーンには先ほどと同じ光景がうつしだされている。《ヴェンロ》は低速航行しているため、ハローの星々の見かけ上の位置関係に変化はない。探知機スクリーンに、画面の中心をかこむように大きな円を描いて多くの反射点が散らばっている。

「ぜんぶで五十八個」と、グッキーが説明する。「ここに表示されているのは、遠距離探知の結果だよ。ハウリ船は、ぼくらの現在の飛行ポイントから平均二光年はなれてる」

かれは、肘をついてからだを支えているブルのうえにかがみこむと、コンソールのセンサーボタンに触れた。

「さあ、訊いてみようぜ」と、グッキーはいった。「この事態にスペンス・ハーボウがなんていうか」

スピーカーから雑音が流れはじめ、しばらくしてハーボウの声が聞こえてきた。

「こちら輸送船《ヴェンロ》、ハイパー通信リレー・アルファ＝アルファからアルファ＝エコーまでのすべての銀河系基地に連絡する。現在位置は添付の座標どおり、M＝3のハロー内縁。数分前、未知の宇宙船五十八隻が本船の現在位置から二光年の距離に出現。ハイパーエネルギー放散を分析した結果、おそらくハウリ船であることが判明。面倒な事態が予想されるため、加速を開始する。メランシェに針路をとる。本船近くにいる者がいれば、救援を要請する。以上、スペンス・ハーボウ」

つづいて合成音声でさまざまなデータが読みあげられたあと、通信は終了した。

「これで、かれらは行動に出るしかなくなる」と、ブルがいう。「《ヴェンロ》が加速するのを見れば、かれらは攻撃せざるをえない」

ブルは耳をすました。巨大な輸送船の内部はさまざまな雑音に満ちていたが、これにあらたに、遠くから聞こえてくるうなり声が混じるようになった。《ヴェンロ》が加速したのだ。輸送船が充分に加速し、安定したメタグラヴ渦が形成されるまでにはしばらくかかるだろう。

「連中にもわかったみたいだ」と、イルトがいう。「見て！」

ハウリ宇宙船の船影が探知スクリーンから消えた。スペンス・ハーボウのアナウンスから二分半が経過していた。遺憾ながらハウリ人のエンジン技術が優秀なのは認めざるをえないと、ブルは思った。もちろん、ハウリ船団は最高性能の機動部隊だった。ヘクサメロンの門徒たちは、最高の部隊を派遣した。ハイパートロップ・システムをなにがなんでも奪おうとしているのだ。

数分が経過した。ニッキ・フリッケルとウィド・ヘルフリッチとナークトルはマットレスに腰をおろし、探知スクリーンをじっと見つめている。スクリーンの中心付近に、最初の船影があらわれた。探知スクリーンの縮尺が自動的に大きくなる。つぎつぎとハウリ船があらわれ、光点がどんどん増えていく。どの船も、四光秒以内の位置にいる。

スピーカーからふたたび雑音が流れてきた。低い、朗々とした声が、強い訛《なま》りのあるインターコスモでいった。

「六の日宇宙パトロール隊から銀河系輸送船へ告ぐ。ここはハウリ人の宙域だ。ただちに加速をやめ、臨検の受け入れ準備をせよ」

スペンス・ハーボウが演技力を発揮する。

「ハウリ人の宙域だと？」怒りに燃える口調で叫ぶ。「ここは自由宙域だ。加速をやめるつもりはない。とっとと失せろ、ごろつきめ！」

「警告しておく」と、ハウリ人はいった。「きみはハウリ人の宙域を侵犯している。ただちに加速をやめなければ、攻撃を開始する」

「防護バリア」と、スペンス・ハーボウがテラの言語で叫ぶのが聞こえた。

一瞬、探知スクリーン上の一船影がふくれあがったように見えた。ハウリ人がその脅し文句を躊躇《ちゅうちょ》なく実行にうつしたのだ。《ヴェンロ》の船体にかすかな振動がはしった。最初のビームが命中したのだ。

「こちら輸送船《ヴェンロ》、銀河系の全基地へ告ぐ」というハーボウの興奮した声が聞こえた。「救援要請！　救援要請！　ハウリ人の攻撃を受けている。ハウリ人の宙域を侵害したと非難されている。救援要請！　救援要請！」

どこかでサイレンがけたたましく鳴っている。《ヴェンロ》にさらに二度、ビームが命中した。ハウリ人は最重量級のビーム砲で攻撃してきた。輸送船の脆弱な防護バリアではとても持ちこたえられない。数分が経過した。操縦室では、スペンス・ハーボウがテラ語で指令を発している。あいつぐ損傷の報告に、かれはついに、ハウリ人には太刀《たち》打《う》ちできないと観念した。

「わかった、宙族め」と、かれはインターコスモでどなった。「ここまで卑劣な攻撃を受けたのではいたしかたない。加速を中止する。さあ、臨検部隊を送りこむがよかろう」

グッキーは一本牙《きば》をむき出し、闘争心をあらわにする。

「よくやった。名演技だね！」

＊

ハウリ船が外部観察モニターのヴィデオ・スクリーンにあらわれた。三つの部分からなる、通常のハウリ船の型式だ。不格好な船首と大きな船尾を、船の縦軸に対してななめにのびるパイプ状の胴体部分がつないでいる。全長は二百メートルほどか。銀河系の軍事専門家が〝トンボ〟という名称をあたえたクラスの戦闘艦だ。

ハウリ船が横着けしてきた。《ヴェンロ》の外壁にとりつけられた外部観察用カメラがつぎつぎに切りかわり、ハイパートロップ・アンテナの内部にひそんでいるコマンド部隊の五名に、つねに最適なアングルからの映像を提供する。エネルギー・チューブが伸びてきて、ハウリ船の船首を《ヴェンロ》右舷のエアロックに連結するのが見えた。チューブのなかをさまざまなものが漂ってきたが、エネルギー壁が半透明なので、それがいったいなんなのか特定できないものもあった。八名のハウリ人の姿が見えると、レジナルド・ブルは思った。だが、それだけではなかった。奇妙なかたちをした不格好な物体は、おそらくロボットだろう。ちいさな物体が集まってできたいくつかの塊りがゆるやかにつながっているのも見える。これらは技術的な機器類にすぎないのかもしれない。

　コンソールのセンサーボタンに触れると、もうひとつヴィデオ・スクリーンがあらわれた。ハウリ人とその随行は右舷の大きなエアロックのところまできている。先ほどレジナルド・ブルが思ったとおり、高性能防護コンビネーションを身につけたハウリ人が八名いた。全員のコンビネーションが、ヘクサメロンのシンボル……長さの異なる六本の光線を発する、半球形の恒星……で飾られている。さまざまな形状と大きさのロボット十体が同行している。《ヴェンロ》内の人工重力の影響で機器類のまとまりが崩れ、ロボットたちがそれらを手にとる。すべてが非常に迅速かつ精密な動きで展開していく。《ヴェンロ》船内に通じるハッチまでやってきたところで、ハウリ人たちはロボットたちと別れた。ロボットたちは、《ヴェンロ》の積み荷が保管されている貨物室へ向かう。ハウリ人のほうは、操縦室をめざす。スペンス・ハーボウがインターカムで道案内する。レジナルド・ブルは、ハーボウはいまどんな気分だろうと思った。これからかれの身になにがふりかかるだろう。いまのところは、おそらく命の危険はあるまい。ハウリ人は急いでいるはずだ。ハーボウが要請した救援部隊が到着する前に《ヴェンロ》を発進させ、《ヴェンロ》もろともハイパー空間に消えてしまわなければならないからだ。《ヴェンロ》を制御するためのロボットやシントロニクスは、部外者にはとてもあつかうことができない。スペンス・ハーボウは船内唯一のエキスパートなのだから、ハウリ人としてもかれをだいじにあつかうしかない。ハーボウにへそを曲げられたら、《ヴェンロ》をすばやく連れ去るのがむずかしくなるばかりだ。

ブルはそう考えたのだが、ハウリ人の行動はまったく予想外だった。かれらは操縦室につぎつぎ乗りこんでくると、スペンス・ハーボウを半円形にとりかこんだ。落ちくぼんだ目をした陰鬱《いんうつ》なその姿に、テラナーは恐怖を吹きこまれたようだった。ヴィデオ・スクリーンに、抵抗する意志がないことをしめそうとするかのようにハーボウがひらいた両手をあげるところがうつしだされた。スピーカーから、かれの恐怖にふるえる声が聞こえてきた。

「聞いてくれ、戦うつもりはない。きみたちに抵抗しようとするほど、わたしはばかではない……」

一ハウリ人が、奇妙な形状の器具をベルトからそろりと抜き出した。細長い銃身から、銃口が漏斗《ろうと》のようなかたちに開いている。銃口が自分に向けられるのを見て、スペンス・ハーボウは口をつぐんだ。死の恐怖に顔がゆがんでいる。

澄んだ歌声が聞こえてきた。スペンス・ハーボウは恐怖の表情をうかべたまま、ふいに硬直した。

「両手をさげろ！」漏斗のような武器を持ったハウリ人がインターコスモで命令する。

「はい、ご主人様」と、スペンス・ハーボウはいうと両手をおろした。

「船を最高加速に切りかえろ」と、ハウリ人は要求した。「これから目標ポイントの座標を教える。そこへ船を進めるんだ」

「はい、ご主人様」と、スペンス・ハーボウ。「よろこんで」

　レジナルド・ブルはむかむかしながらコンソールに手を伸ばし、そのヴィデオ・スクリーンを閉じた。ロボットの動きがうつっているヴィデオ・スクリーンを目で探す。ロボットたちは、もっとも機首よりの貨物室までやってきていた。そこにはハイパートロップ・システムの台座が置かれている。台座内部にはハイパーエネルギー・タンクが収納されている。ロボットたちは迅速に仕事にとりかかった。持ちこまれた機器のどれがどんな機能をはたしているのかはよくわからないが、ロボットたちがハイパーエネルギー・タンクをくわしく調べていることは明らかだった。

　ロボットたちのいる貨物室と、システムのアンテナが分解収納されている部屋とのあいだには扉が二枚あるだけだ。ロボットたちのすばやい仕事ぶりから考えれば、あと二、三分でここまでやってくるかもしれない。レジナルド・ブルは主スイッチを操作した。ヴィデオ・スクリーンが閉じ、メーター類のデジタル表示も消えた。

　ブルはため息をつくと、同行者たちのほうに顔を向けた。

「紳士淑女諸君、そして惑星トラムプの親愛なる友よ、ときはきた。全員無事に再会できることを願っている」

順番は前もって決めてあった。最初はグッキーだった。歯を食いしばると、その数秒後、目がガラスのような独特の輝きを帯びる。ぱたりと倒れ、動かなくなった。次はニッキ・フリッケルの番だ。ぎりぎりと音をたてて、歯を噛みしめる。一瞬のためらいもなく、ウィド・ヘルフリッチとナークトルがあとにつづく。

突然、シリンダー型の部屋のなかは不気味にしずまりかえった。《ヴェンロ》は加速しはじめていたが、遠いうつろなエンジン音はもう意識のなかに入ってはこなかった。コマンド部隊のメンバーが飲むことになっていた薬物は、あらゆる意識活動を数時間にわたって消失させてしまう。ハウリ人はプシオン技術の大家だが、もっとも感度の高い測定機器を用いたとしても、薬剤の効果が持続しているあいだは、アンテナの一セグメントのなかに五名の有機体がかくれていることを検知できないだろう。

レジナルド・ブルは、ここ数日間何度もしてきたように、奥歯のドーム形のふくらみに舌でそっと触れてから、それを噛みつぶした。

3

〝やったぞ！〟それが、かれの頭に最初に浮かんだ考えだった。

跳ね起きると、ネズミ＝ビーバーも同時に寝床からからだを起こすのが見えた。ニッキ・フリッケル、ウィド・ヘルフリッチ、ナークトルの三名はまだ意識がもどっていない。クロノグラフに目をやり、薬剤の効果が七時間四十分持続したことを確認する。気分は爽快、元気いっぱいだ。

耳をそばだてる。船内はしずかだ。《ヴェンロ》はハイパー空間を航行中だ。グッキーがふりむいた。それまでかれは、ぴくりとも動かず、テレパシー能力を働かせていたのだ。

「ちかくに、意識を持った有機体はいないよ」と、かれはいった。「操縦室の方向からかれらの思考を受信したけど、有益な思考はなんもなかった。みんな、ハイパートロップをできるだけ早くアシュカルに運ばなくてはとか、この英雄的行為をヘクサメロンは高く評価するだろうとかしか考えてなかったよ。スペンス・ハーボウの思考もとらえたけど、ひたすら任務をこなすことしか考えてなかった。催眠術をかけられているんだ」

レジナルド・ブルはうなずいた。

「ロボットに関する思考は捕捉できなかったか？」

「だめだった。見まわりに行ってこないと」

いつもに似ず、かれはすぐにはテレポーテーションしないでレジナルド・ブルの決定を待っていた。

「いいだろう」ブルはすこし考えてからいった。「だが、気をつけろ。すこしでも危険を感じたら引きかえすんだ。プシオン探知機が設置されているかもしれない」

「気をつけるよ」グッキーが約束する。

ポンという音がして、かれの姿が消えた。ニッキ・フリッケルが身動きしはじめ、その数秒後にはウィド・ヘルフリッチとナークトルも意識をとりもどすきざしを見せた。かれらにとって、意識不明状態からの回復はブルよりも困難だった。ブルとイルトの場合は、細胞活性化装置が薬剤の残留効果を吸収してくれていたから。

ニッキ・フリッケルはレジナルド・ブルに背中を向けてすわっていた。首を振り、髪をかきあげてすこしととのえてから、ようやく振り向いた。

「やっぱりもう目をさましていたのですね」と、彼女はいった。「状況はどうですか？」

「大丈夫だ。見つかってはいない」と、かれは答える。「これで最初のハードルは突破した」

「いま、どこを航行中なのかしら？」

「わからない。《ヴェンロ》が発進してから八時間たらず。目標ポイントはもうそう遠くないかもしれない」

「アシュカルのこと？」

「もちろんだ」

彼女は立ちあがると、まるでまず足の検査をする必要があるかのように、注意深く二、三歩歩いた。

「《ヴェンロ》を拿捕《だほ》したハウリ人が、わたしたちの探しもとめているハウリ人じゃなかったらどうするんですか？」と、彼女はたずねた。「ハウリ人ならみんな、ハイパートロップを追いかけまわしている。アシュカルのハウリ人だけじゃなく、ね」

かれは顔をゆがめた。

「どうしたらそんなひどいことを思いつけるんだ」

ポンという小さな音がして、グッキーが目を輝かせてもどってきた。探索の結果にすこぶる満足しているようだ。

「ロボットはスイッチが切られてたよ」と、かれは報告をはじめる。「貨物室エリアの主ハッチの前にいるけど、作動はしてなかった。機器類もロボットと同じ場所にある。貨物室はまったく安全だね。ハウリ人は安心しきってるみたい。すこしテレパシーを使ったんだけど、さっきから、ヘクサメロンの門徒たちの意識のなかを新しい思考が駆けめぐってるんだ。《ヴェンロ》がもうじき超光速モードを終えることと、ヴェエノアをもっとちかくから見られるようになることに関連する思考さ」

「ヴェエノア？」ブルとニッキ・フリッケルが異《い》口《く》同《どう》音《おん》にたずねる。

「ご心配なく」ネズミ＝ビーバーは手ではらうようなしぐさをしながらいう。「ヴェエノアは恒星の名前だよ。アシュカルはヴェエノアの惑星のひとつなんだ」

レジナルド・ブルはふうっと音をたてて安堵のため息をついた。ニッキ・フリッケルはからかうようにほほえんだ。

「ね？　じつはあなたも心配していたんでしょう？」

「もちろんだ」と、かれはうなった。「あんな縁起でもないことをいわれたんでは……」

「さしあたって、見つかる危険はないよ」グッキーはそういうと、コンソールを指さした。「電子機器のスイッチを入れても大丈夫」

*

「なにも見えないぞ」ウィド・ヘルフリッチがぼやいた。「惑星全体が雲におおわれている。なんて惑星だ！　昼も夜も暗い」

「その文句を詩にして、石筆で書きつけるといいぞ」レジナルド・ブルはいらいらしながらつぶやくと、視界をさえぎっている痩《や》せた男を少々乱暴に押しのけた。実際、アシュカルはおだやかな世界ではなさそうだった。日が当たっている半球は、極地方にいたるまで隙間なく雲におおわれている。《ヴェンロ》のセンサー類はいまも稼働しており、ハイパートロップ・アンテナ内部に設置された計器類にデータを送ってくる。雲の最上層部でさえ摂氏零度もあるところを見ると、惑星表面はかなり暑いにちがいない。惑星表面の凹凸《おうとつ》を計測した結果、雲の層の下に数キロメートルにわたって大規模な起伏があること、その横に完全に平坦な場所がひろがっていることがわかった。平坦な場所は明らかに海だ。アシュカルの陸地は非常に起伏がはげしいようだ。この惑星の直径は一万三千八百キロメートル。表面重力は一・一二G。大気の主成分はアルゴンと酸素で、窒素と二酸化炭素の割合は比較的ちいさい。問題なく呼吸できる大気だ。

《ヴェンロ》はアシュカル上空四百四十キロメートルを周回していた。この巨大な輸送船は惑星着陸を想定してつくられていないから、ハウリ人は周回軌道上で積み荷をおろすほかないだろう。計器類のひとつに短時間の強力なエネルギー放電が表示されるのを見て、ブルは満足げにうなずいた。位置測定インパルスが《シマロン》へ送られたのだ。

このインパルスは、万一ハウリ人がこれに気づいた場合でも内部エネルギー交換だと思いこむような構造を持っている。

ブルは計測システムと画像システムをオフにした。ハイパートロップ・アンテナ内部にひそんでいることが、こうした機器から出る散乱インパルスからばれてしまう危険は無視できないと思ったのだ。唯一操縦室のマイクとの接続だけはきらなかった。操縦室ではハウリ人がアシュカルの地上ステーションと交信をはじめていた。かれらはハウリ語で話していた。コマンド部隊のメンバーは、《バジス》船内で参加したヒュプノ学習によってすでにハウリ語をマスターしている。

「こちらヴェロム・サヴ・アアルド」―ハウリ人がおちついた低い声でいった。「任務完了。不信心者のハイパートロップ・システムを確保した。炎の鏡に報告してくれ」

「あなたにさいわいあれ、ヴェロム・サヴ・アアルド」アシュカルの地上ステーション要員が応答する。「支配者ヘプタメルの祝福はあなたとともにあります。だからこそ、あなたの行動はなんでもうまくいくのです。次の船がマグフルウ・マグハアへ発進ししだい、この知らせを炎の鏡に報告します」

〝炎の鏡〟とは、ハウリ人の高位の階級のことだ。ハンガイ在住のカルタン人の話から、そこまではわかっている。また、カルタン人がハンガイと呼んでいる銀河に、ハウリ人はマグフルウ・マグハアという名前をつけている。

「わがほうの船は無事にもどっているのか?」と、ヴェロム・サヴ・アアルドがたずねる。

「すべてもどっています」と、相手が返答する。「不信心者による追跡はまったく確認されていません」

「かれらはわれわれのスピードについてこられない」ヴェロム・サヴ・アアルドが自慢げにいう。

「さっきも申しあげましたが、支配者ヘプタメルの祝福はあなたとともにあります。あなたがかかわれば、すべてがうまくいきます」

「ありがとう、ポレド・ノム・スウン」と、ヴェロム・サヴ・アアルドがいう。「きみの言葉は忘れない」

「六の日の平安があなたとともにありますように」アシュカルの地上ステーション要員がへりくだった調子で答える。「わたしは〝真の教え〟にもとめられるままに職務をはたしていますが、支配者ヘプタメルの特別な恩寵《おんちょう》によって、わたしよりも偉大なことをなしとげる力を持ったかたがたを見わけることがわたしにはできます。その拿捕船とともに着陸するおつもりですか?」

「この船は着陸できるようなつくりになっていない」

「わたしもそう思ったので、運搬船を用意しておきました」と、ポレド・ノム・スウン。

「アシュカルで用立てられる最大級の運搬船です。積み荷を運搬船に積み替えてください」

「気がきくな、ポレド・ノム・スウン」と、ヴェロム・サヴ・アアルドは感心する。

「運搬船にすぐ発進命令を出してくれ。捕虜を一名確保している。まだプシ・ショッカーの影響下にあるため、医療的措置が必要だ」

「治療を受けさせるおつもりですか？　不信心者ですよ。ヘクサメロンの教えによれば、不信心者の救済とは死のみです」

「死、あるいは〝真の教え〟の認識のみが救済する、と聖なる書物に書いてある、ポレド・ノム・スウン」と、ヴェロム・サヴ・アアルドは寛大な口調でいった。「かれに、ヘクサメロンの教えの美と必然性を理解する機会をあたえたいのだ。わたしは武人だ。炎の侯爵のしもべだ。だが、宣教師の職務もわたしにとっては大切だ。わたしは純潔の侯爵や教理の侯爵にも仕えることができるのだ」

「多様な力をお持ちです」と、ポレド・ノム・スウンが感嘆する。

「運搬船をスタートさせてくれ！」ヴェロム・サヴ・アアルドが命令する。「ハイパートロップ・システムをできるだけ早く組み立て、稼働させなければならない。目前に迫ったプロジェクトに間に合わせたい」

「ご命令のとおりに」ポレド・ノム・スウンが応答する。

交信が切断された。ニッキ・フリッケルがいう。

「問題は、ここから脱出するのか、それともハウリ人がわれわれを惑星表面におろすまで待つのかってこと」

「それはグッキーに答えてもらおう」と、レジナルド・ブル。「どうだ、ちび？　おまえさんはこの惑星の地形を知らない。それでもわれわれを惑星まで案内できるのか？」

「きみたちは待つつもりじゃないの？」イルトが訊きかえす。

「これはどちらかというと快適さの問題なんだ」と、ブルが説明する。「かれらがハイパートロップ・システムの各部を積み替えるさいには、逆さまに置いたり、回転させたりするだろう。ほかにもどんなことをするかわかったものじゃない。つまり、なかにいるわれわれにとって、かなり不快な目にあうということだ」

「了解」と、グッキー。「その問いに答える前に、まずはようすを見てこないと。いいかい？」

「もちろんだ」と、ブルが答えた次の瞬間、イルトの姿は消えていた。

もどってきたのは半時間以上たってからだった。そのあいだに、レジナルド・ブルは外部モニターのスイッチを入れ、大型運搬船五隻が《ヴェンロ》に接近してくるのを見ていた。

グッキーが再実体化するときのしゅっという音が背後で聞こえたので、ブルはモニターを切った。

「ようすを見てきたよ」ネズミ＝ビーバーが報告する。「ハウリ人のステーションは大きな盆地のなかにあった。周囲の山地には、身をかくして寝泊まりするのに適した場所が充分すぎるほどある。なかでも理想的だと思ったのは、盆地を見晴らせるポイントがすぐちかくにある場所さ。そこに案内するよ」

「決まりだ！」ブルはほっとしてうなずいた。「ニッキからはじめてくれ」

*

グッキーは、テレポーテーション・ジャンプによって、ハイパートロップ・アンテナ内部からメンバーをつぎつぎに高温多湿な惑星の暗い地表へと運んだ。レジナルド・ブルが順番の最後だった。かれがグッキーの手をとったそのとき、アンテナのセグメントががくんと揺れた。ハウリ人の拘束フィールドにつかまれたのだ。あと数分で、セグメントは五隻の運搬船の一隻に積みこまれてしまうだろう。

今回のテレポーテーションはほとんど苦痛をともなわなかった。レジナルド・ブルは頸の筋肉にかすかに刺すような痛みを感じたが、それだけだった。

かれはあたりを見まわしたが、まずは暗がりに目を慣らす必要があった。かび臭いにおいがする。蒸し暑い。どこからか、ぽたりぽたりとしずくが落ちる単調な音が聞こえてくる。ライトがぱっとついたので、かれは目がくらんだ。それは、ニッキ・フリッケルのセラン防護服の胸元に装備されたライトだった。

「これから四週間、暮らすことになる宮殿をあなたにも見てもらおうと思って」と、PIGのチーフはからかった。

洞窟は岩山の奥深くまでのびていて、奥は乾いていた。ぽたりぽたりという音は入口から聞こえてくる。洞窟の外は雨。蔓植物が入口を半分おおいかくしている。昼間なのに、外はグレイで暗い。出口から数歩先に、黒っぽい植物が立ちはだかる壁のように群生しているのが見える。

「グッキーはどこだ？」ブルはたずねた。

「すぐにまたジャンプしましたよ」と、ニッキが答える。「アンテナのセグメントが周回軌道上にあるあいだに、できるだけ多くの装備を救いだそうとしている」

「がんばりすぎだ」レジナルド・ブルは心配そうにつぶやいた。

ウィド・ヘルフリッチとナークトルは、洞窟の奥で、可能な範囲でくつろいでいた。

ブルはかれらに背を向けると、出口に向かって歩いていった。蔓植物のカーテンの手前でしばらく立ちどまり雨を見ていたが、やがて植物をかきわけて外に出た。

気温は摂氏二十八度くらいだろう。洞窟の出口から、岩棚が右にのび、岩山へとつづいている。洞窟のうえには、幾筋も亀裂のはしる岩山が垂直にそびえている。岩棚を登った先は谷になっている。おそらく、盆地を一望できる場所というのはそこなのだろう。

　岩棚の向こう側は、岩山が麓《ふもと》に向かってゆるやかに傾斜している。幅八メートルの湿地帯に、灰緑色の雑草が太い束になって生えている。その向こうは森だ。レジナルド・ブルは空を見あげた。空は一面グレイだった。雨のなか、翼のある動物の群れがゆっくりと羽ばたいて飛んでいく。テラのガンに似た、があがあという鳴き声が聞こえてくる。

　ブルは岩棚を歩いていった。雨が顔をぬらす。重力がテラよりも大きいのを感じる。まるで、数分のうちに体重が十五ポンドも増えたような気分だ。暑さで毛穴から汗が噴き出し、それが雨と混じって目にしみる。岩棚の最後の二十メートルは急坂になった。かれはひと休みして、顔の汗をできる範囲でぬぐい、もうそろそろ引退したほうがいいんじゃないかと思った。この年ならある程度、楽をしてもいいはずだ。高重力、熱帯の暑さ、湿度百パーセントの環境で山歩きするなんて趣味に合わない。ハウリ人め、くたばるがいい！

　だが、かれはとうとう岩棚の先端にたどり着いた。目の前の岩壁はバルコニーの手すりくらいの高さしかない。これなら、楽に向こうを見わたすことができる。うす暗いし、降りしきる雨で視界が悪いので細かいところまではよく見えない。だが、大きなものなら充分識別できる。しかも、ありがたいことに盆地のなかは大きなものだらけだった！

盆地全体は円形に近いかたちをしていた。直径は優に三十キロメートルある。盆地の周囲を山々がかこんでいる。急峻《きゆうしゆん》な岩山もあれば、森におおわれたゆるやかな斜面もある。盆地は肥沃《ひよく》な土地にちがいない。以前はおそらく木が生い茂っていたのだろうが、ハウリ人がすべて伐採してしまっていた。いまは、高さ二メートルまでの雑草が生えているだけだ。

盆地の中央に、建物群が連なって六つの同心円をかたちづくっている。中心の円の直径が一キロメートル以上ある。円と円のあいだの距離はそれぞれ三百メートルと、ブルは見積もった。グレイの資材でつくられた建物がびっしりと隙間なく連なっている。その色の単調さは、雨空といい勝負だった。壁に、ほんのわずかな数の窓が不規則な間隔で開いている。レジナルド・ブルの位置からは、高さ百メートルたらずのその建物群の用途はわからなかった。盆地内のべつの場所では、乗り物や徒歩の通行者がさかんに往来しているが、同心円状の建物群のあたりはしずまりかえっている。

同心円の中心に、ハウリ人は人工の山を築いていた。その山は頂上がたいらで、その平面に漏斗状の構造物が六つ建っている。肉眼では細かいところまでは識別できなかったので、ブルはセラン防護服のヘルメットを閉じ、ピコンピュータに拡大画像を表示するよう命じた。すると、漏斗がシリンダー型の台座の上にのっていることがわかった。漏斗と台座は淡紅色に輝く素材でできていて、最長の対角線が四百メートルたらずの正六角形の各頂点に配置されていた。台座こみの漏斗の高さは百五十メートル以上と、ブルは見積もった。漏斗の口の直径は八十メートルほど。

環状建物群が六つ、漏斗も六つ。六という数字は、ヘクサメロンの門徒にとって魔術的・宗教的に重要な意味を持っている。一方、盆地中央を占めるこの建物群は明らかに技術的な機能を有している。魔術と宗教と技術がごちゃ混ぜになるときにはかならずいかがわしいものが生じるのだから、疑いを持つのは当然だ。これがレジナルド・ブルの持論だった。その長い人生のあいだに、かれはその持論の正しさが立証されるのを何度も見てきたのだ。

その向かい側、盆地の北端に、複雑な構造の建物群がそびえている。建物群の総面積は優に二平方キロメートルある。同心円状の環状建物群と同様、暗く、威嚇《いかく》的な雰囲気だ。ブルは直観的に、この建物群は六つの同心円や漏斗と直接的なつながりがあるのだろうと思った。

左側、つまり北西には、兵舎のような細長い建物が二十棟建っている。これはハウリ人の居住区にちがいない。拡大して見た結果、駐機場が数カ所確認できた。何百機もの小型グライダーが駐機している。居住区の南側に、もうすこし規模のちいさな建物群が隣接している。ここはコンピュータ・ラボや通信施設として使われているのかもしれない。奇妙なかたちのハイパーアンテナが、西側にそびえ立つ岩壁になかば埋めこまれている。

　盆地の南半分はヘクサメロンの門徒たちの宇宙港として使用されている。《トンボ》型戦闘艦が二隻、停泊している。運搬船五隻もここから発進したにちがいない。だが、惑星アシュカルにはすくなくとももうひとつ、さらに大規模な宇宙港があるはずだ。のこりの戦闘艦五十隻がどこかに停泊しているはずだが、この盆地にはそんなスペースはない。

　レジナルド・ブルは、盆地を見わたしながら考えをめぐらせた。盆地中央にある六つの漏斗は放射装置なのだろう。あれが、物質シーソーが稼働するのに必要なエネルギーを放射するのだ。六重の同心円状の環状建造物はエネルギー生成に関与しているのかもしれない。ハウリ人はエネルギー高位置の並行連続体からのエネルギー吸引技術の原則は知っているものの、実用面では効率の点でハイパートロップ方式に大きく遅れをとっている。ほとんど窓のない、グレイの環状建物群には、エネルギー移し替えに必要な機器類がおさめられているのかもしれない。

　それで、どうする？　と、かれは自問した。わたしがここへきたのは、物質シーソーを破壊するためだ。こんなかんたんなことはないと思わないか？　グッキーが建造物に地雷を敷設し、漏斗のひとつひとつに爆弾をしかける。それだけのことだ。そして、《シマロン》の準備がととのいしだい、すべてを吹き飛ばす。

かれの自問には自嘲がこめられていた。六重の環状建物群をおおうかすかなきらめきから、とっくに事態に気づいていたのだ。光の当たりぐあいや見る角度によって、きらめきはその位置を変え、建物群のあちこちでゆらめいている。ヘルメット・ヴァイザー内側のディスプレイ上にも、ピココンピュータの一連の測定結果が立体的な図表のかたちで投影されている。

ハウリ人は安全策を講じていた。盆地の中央部は、いちばん外側の環状建造物にいたるまで、エネルギー防護バリアにすっぽりとつつまれていたのだ。ハウリ人はプシオン・エネルギーのとりあつかいに長《た》けていることで知られている。この防護バリアにはスーパー・ミュータントのグッキーでもとうてい歯が立たないだろうと、レジナルド・ブルは思った。

ブルは空を見あげた。オーディオ・システムの受信機から、独特の轟音《ごうおん》が聞こえてきたからだ。運搬船五隻の最初の一隻が低く垂れこめた雲から姿をあらわし、盆地南側の着陸場へと降下してきた。

4

イルトは、かれらがひそんでいたハイパートロップ・アンテナ内部から、装備品の三分の二を運びだしてきていた。かれはレジナルド・ブルを安全な場所に連れてきたあと、さらに三回テレポーテーションし、そのたびにさまざまな機材その他をかかえてもどってきた。おかげで洞窟内はすでにそこそこ快適な空間になっていたが、レジナルド・ブルにとって重要だったのは、グッキーが最後のジャンプで、《バジス》のハイパー通信スペシャリストがこの作戦のために特別に開発したハイパー通信機を運びだしてきたことだった。過酷なテレポーテーションで疲労困憊《こんぱい》したネズミ＝ビーバーは、洞窟の奥で眠っていた。

ブルは洞窟の入口付近で通信機をいじっていた。通信機の動力源は、同じく新開発のグラヴィトラフ・バッテリーだった。グラヴィトラフ・バッテリーの原理は、数百年前にメタグラヴ・エンジンが開発されたときから知られていたのだが、最近、《バジス》の科学者チームがバッテリーの小型化にはじめて成功したのだ。ハイパー通信機に搭載されたバッテリーの体積はわずか六立方センチメートル。電池内部に定常波のかたちで蓄えられた時空構造の緊張エネルギーのおかげで、このちいさな通信機は数光年のかなたにまでシグナルを送ることができる。

この通信機の指向性アンテナは超精密機器だ。通信機から発せられるシグナルは、収束ビーム化されたうえで放射される。この通信機は、グッキーによって持ち出されるまで、《ヴェンロ》搭載のシントロニクスのひとつとつながっていた。通信機内蔵のマイクロコンピュータがシントロニクスの測定にもとづいて現在位置を正確に認識したうえでアンテナの方向を判断し、あらかじめとり決められた《シマロン》の位置へピンポイントでシグナルを放射する。このとり決め全体が数学的論理の傑作だといえる。《シマロン》側にはもともと、ハウリ人が《ヴェンロ》をどこへ曳航《えいこう》していくのかはわからなかったし、《ヴェンロ》の位置測定インパルスを受信したあとはコマンド部隊と連絡をとる手段はなかった。そのため、《シマロン》の位置は、とり決められたデータにもとづいて通信機がアンテナの方向をかんたんに調整できるよう、はじめから、宇宙のある仮想点に対して相対的かつ明確に固定されていた。

ハイパー通信機には、定型シグナルを送るためのテンプレートが二種類装備されていた。つまり、通信機のコミュニケーション能力は限定的なものだった。第一の定型シグナルは、コマンド部隊が無事に目的地に到着したことを《シマロン》に知らせるためのもの。第二の定型シグナルは、〝われわれを迎えにきてほしい〟というメッセージを伝えるためのもの。ハイパー通信機が発する一連のシグナルは圧縮・省略されてはいたが、とくに暗号化はされていなかった。コマンド部隊の安全は、シグナルの発出にハウリ人が気づかないことを前提としていたからだ。また、信号は超指向性アンテナによって収束ビーム化されるため、部外者にたまたま傍受される可能性はまずなかった。

　これに対して、《シマロン》のコミュニケーション能力はきわめて高く、柔軟な応答が可能だった。もちろん、《シマロン》の通信は暗号化されるが、直接アシュカルに送られるわけではない。そんなことをすれば《シマロン》の居場所を明かすことになり、ハウリ人の疑念を招いてしまう。《シマロン》は、球状星団マルティ‐5から遠くはなれた、高性能通信機を搭載した中継船へのビーム放射によって通信をおこなう。中継船は《シマロン》から受信したメッセージを最高送信出力で等方的に放射する。そうすれば惑星アシュカルにいるハウリ人も通信を傍受するだろうが、かれらがメッセージの解読に成功したとしても、そこには、物質シーソーをもとめて敵部隊がアシュカルに侵入していることをしめす内容はまったくふくまれていない。一方、ハイパー通信機はメッセージをなんなく解読するだろう。

　レジナルド・ブルは通信機のスイッチを入れた。使用可能をしめすシグナルランプが点灯するのを待ってテンプレートを挿入し、ＥＸＣと書かれているセンサーボタンに触れる。と同時に通信機が自動的にオフになった。メッセージの送信が終了したのだ。

数分が経過した。《シマロン》は惑星アシュカルからのメッセージを受信しだい、可及的すみやかに受信通知をおこなうと、事前にとり決めてあった。レジナルド・ブルは通信機の前であぐらをかき、じりじりしながら外の雨をながめていたが、ついにシグナルランプが点灯するのが視界に入った。受信機が自動的にオンになり、ちいさな簡易プリンターが作動しはじめた。ぶーんという音とともに吐きだされてきた紙片を、ブルは排出口から引ったくるようにして手にとり、読んだ。

「《シマロン》はランデヴーをおこなう。《ソロン》および《マイ＝キ》も同行する」

ブルは驚き、メッセージを三度くりかえして読んだ。洞窟の奥へ紙片を持っていき、ニッキ・フリッケルにさしだす。

「どんな意味だと思う？」

読んだニッキの顔に、ほほえみが浮かんだ。

「《ソロン》も派遣してくれたんですよ」と、彼女はいった。「気が利いてる。自分の船にひさしぶりにもどれるのはうれしいわ」

「もともとの計画では《シマロン》だけだったはずだ」と、ブル。「《ソロン》まで派遣されたのはどうしてだろう」

「それがわれわれにとって重要なことなら、《シマロン》が知らせてくれます」と、ニッキ・フリッケルが答える。

「それに、《マイ＝キ》っていったいなんだ」

「カルタン人の言語のようですね」と、ニッキがすこし考えてからいう。「もしかしたら、カルタン人がわれわれの任務にかかわる重要な発見をしたのかも。たぶん、そのとき《ソロン》が《マイ＝キ》をそこへ誘導したんでしょう」

　ブルは紙片をニッキからふたたび受けとると、心配そうな顔でいった。

「計画を変更するときはその理由を伝えてもらいたいもんだ」

*

　それから数日かけて、かれらは住環境をととのえた。運搬船五隻はとっくに着陸していたが、グッキーはさらに六回テレポーテーションしてのこりの装備を確保した。最後に運んできたのは、ポータブル転送機の組み立て部品だった。転送機はただちに組み立てられ、洞窟のいちばん奥に設置された。転送機の動力は、ハイパー通信機に使われているのと同種のバッテリーだ。

　盆地を見おろせる岩棚の突端で、かれらは交替で三時間ずつ見張りに立った。見張りに立つあいだ、することはほとんどなかった。実際に盆地を観察し、記録をとっていたのは、ピココンピュータだったから。

惑星アシュカルの自転時間は三十三時間弱。明るさでは、昼夜の区別はつかない。主星からの光線も星々の輝きも、常時垂れこめている厚い雲にさえぎられている。ヴェエノア星系は球状星団マルティ－5の中心から数十光年しかはなれていない。この宙域の平均星間距離はほんの数光週しかない。昼夜を問わず惑星アシュカルにあふれる星々の光は、主星ヴェエノアの光度を上まわっている。夜も昼も明るさは同程度なのだ。

そうこうするうち、十一月八日になった。セラン防護服のピココンピュータが見張り時間に収集したデータが持ちよられ、解析された。解析結果はレジナルド・ブルのピココンピュータによって表示されることになり、かれのセラン防護服がプロジェクション装置に接続される。

コマンド部隊の五名は数時間かけて、ピココンピュータがここ数日間でハウリ人と盆地の基地について集めたデータを見た。かれらが見たのは、ほとんど際限なくつづく統計表だった。かれらはそこから、もっとも出入りの多い建物ともっともすくない建物はどれか、ハウリ人が宿舎に入る時間と出る時間、盆地にいるハウリ人の数をピココンピュータが総勢何名と見積もったかを読みとった。ハウリ人の総数は八千九百名にのぼった。

ハイパートロップの部品が運搬船五隻からおろされ、盆地の北端にストックされたことは、統計から分析するまでもなく直接観察されていた。昼夜を問わず、すくなくとも二百名のハウリ人が貯蔵場所付近で常時活動していたが、十一月六日の夕方、ハイパートロップの台座が設置され、アンテナの最初のセグメントがそのうえに固定された。

　好ましくない観察結果はもうひとつあった。スペンス・ハーボウがどこにも見あたらないのだ。

　ピココンピュータにはハウリ人の通信も録音されていた。通信はすべて、電磁波による局地的通信だった。ハイパー通信機は一度も使用されていなかった。電磁波通信からはほとんど得るところがなかった。その内容はおおむね、上官から部下への指示とそれに対する応答だった。全体的な計画や物質シーソーの投入に関する話はひとつもなかった。テレパスがハウリ人の思考を読もうとすると同じことになると、グッキーは主張した。かれらが意識の前面で考えているのはなんの意味もないことばかりだし、かれらの思考の奥にはテレパスも介入できない、と。

　レジナルド・ブルは解析結果にすこぶる不満だった。アシュカルにやってきてもう一週間になるのにまだ目標に一歩も近づいていないと思うと腹立たしかった。かれは洞窟の壁ぎわにうずくまっていた。寝る時間だったが、眠気を感じなかった。

　ニッキ・フリッケルは転送機のそばで眠っている。ウィド・ヘルフリッチはその数メートル手前に横たわり、さかんにいびきをかいている。ナークトルは見張りに立っている。ネズミ＝ビーバーはマットレスに横たわってじっと動かない。眠っているかどうかはわからない。

　これまでのところ、グッキーの働きにもがっかりだと、ブルは苦々しく思った。もちろんそれはグッキーのせいではない。ヘクサメロンの門徒たちの精神はわれわれとは異質だし、かれらの意識構造は人間のそれとはかけはなれている。重要な情報がふくまれている思考をテレパス能力のあるミュータントに読まれないようにすることは、ハウリ人にとってはたやすいことなのだ。かれらのメンタルエーテルは表層的かつどうでもいい思考インパルスで満たされているため、ノイズレベルが高すぎる。だから、イルトにもこれまでスペンス・ハーボウのメンタル放射を感知することができなかったのだ。グッキーがスペンス・ハーボウの思考をキャッチできないのは、かれの思考シグナルがノイズにかき消されてしまっているからだ。これは、ふたつ可能性があるうちの楽観的なほうの解釈だった。もうひとつの解釈は、これよりずっと悪い。つまり、スペンス・ハーボウはもはや存在していないのかもしれない。

　ピココンピュータが収集した種々雑多で膨大なデータを思い返しながら、レジナルド・ブルは何度も同じことを自問していた。最重要だと思われる建物にかぎって、ハウリ人の出入りは極端にすくない。なぜだ。盆地北端の大規模建造物群には、この六日間でぜんぶで三名のハウリしか出入りしていない。ブルはそこを物質シーソーのスイッチ・ステーションだと推測していた。六つの放射漏斗をかこんでいる六重の環状建造物群を訪れた者は皆無《かいむ》だ。

場合によっては、これは、物質シーソーの投入の準備がすべて完了しているため、稼働する瞬間まではスイッチ・ステーションやエネルギー供給要素や放射設備を訪れる理由がないのだと説明することもできる。だが、観察結果から導き出された、建造物が重要であるほど訪問者はすくないという魅力的な論理にレジナルド・ブルは夢中になった。

かれのセラン防護服は洞窟の壁にかかっていた。プロジェクション装置とまだつながったままになっている。レジナルド・ブルは小声でピココンピュータを起動させた。

「見たい映像がいくつかある」と、かれは指示を出した。「訪問者がもっともすくなかった場所をうつしだしてくれ。環状建造物群と漏斗と北の建物群は除外していい。それらに興味はない」

ピココンピュータはいつものすばやさで反応し、数秒後には最初の映像がうつしだされた。それは、宿舎の南側の建物群に属する、正方形の底面を持つ簡素な建物の映像だった。

「訪問者は、六日間で七名です」と、ピココンピュータが説明する。

映像が切りかわった。ちいさな建物の集まりがうつっている。建物のひとつが拡大され、画面中央に表示される。ななめに大きく張り出した屋根、長辺の壁にふたつ開いた窓、異様に大きな正面ドアが見える。

「訪問者は、六日間で九名です」ピココンピュータがいう。

その瞬間、スクリーンの端に長身痩軀《そうく》のハウリ人があらわれ、ちいさな建物の大きなドアに歩みよった。

「待て！」と、ブルは命令した。「その映像をつづけて見せてくれ」

＊

そのハウリ人は赤いコンビネーションを身につけていた。そんな衣服を着用したヘクサメロンの門徒をブルは見たことがなかった。コンビネーションの胸に、六条の光線を発している半球形の恒星のシンボルが金色に輝いている。

ちいさな建物のドアの前でハウリ人は立ちどまった。唇が動いているのが見える。それから右手をドアの鏡板に押しあてると、一秒後にドアがスライドした。ハウリ人がなかに入り、ドアがふたたび閉じる。映像はその後も数分間つづいたが、ハウリ人がふたたび建物から出てくることはなかった。

なにかが肩にそっと触れるのを感じてブルが振り返ると、そこにグッキーの輝く目があった。

「きみの思考が強力すぎるもんだから、心配になっちゃったよ」イルトはささやいた。

「なにを見つけたんだい？」

映像は消えていた。ピココンピュータは次の指示を待っていた。

「赤いコンビネーションのハウリ人に関する情報はあるか？」グッキーの問いには答えず、ブルはたずねた。「コンビネーションの色に特別な意味はあるのか？」

かれはネズミ＝ビーバーの顔を見ながら額を指でとんとたたいた。それは、〝わたしの思考を読んでくれ〟という意味だった。〝話している時間はない〟

「真偽の曖昧《あいまい》な報告があります」ピココンピュータが答える。「それによれば、ハウリ人の宗教者階級のなかに〝水使い〟という特別な階級があるそうです。〝水使い〟は赤いコンビネーションを身につけるとのこと。この情報が捕捉されたのは一度だけです。その信憑《しんぴょう》性についてはなんともいえません」

「水使いとはなんだ？」ブルがたずねる。

「わかりません。文字どおりの意味にこだわるべきではないでしょう。おそらく神話由来の名称だと思われます」

「あのちいさな建物にはなにがあると思う？」と、グッキーがたずねる。

「なんにしろ重要なものだ」と、ブル。「赤いコンビネーションのハウリ人、つまり高位の宗教者が、音声と手形で自分を証明しなければなかに入れないんだ。あの建物のなかには非常に重要なものがあると推測すべきだろう」

「まあまあ、おちつきなよ」と、イルトがたしなめる。「おまえさんの頭のなかを読んでるところなんだからさ。そこへテレポーテーションする前に、まずは情報が必要だよね」

「それじゃ、そうしてくれ！」レジナルド・ブルはかれをうながす。「あの建物はエネルギー防護バリアのはるか外側にある。まわりの建物が掩蔽《えんぺい》物を提供してくれる。急いでくれ。やっと手がかりが見つかったんだ……」

かれの言葉を聞き終えるより早く、グッキーの姿は消えていた。

「ほかにご用は？」と、ピココンピュータがたずねる。

「あの建物には六日間で九回、訪問があったといったな」と、ブルはそれまでの流れを要約していった。「訪問者はそのつど違っていたかどうか、確認できるか？　それとも、もしかすると、それはすべて赤いコンビネーションを身につけた同一のハウリ人だったのか？」

「お答えするには、映像をすべて精査する必要があります」と、ピココンピュータは説明する。「それにはしばらく時間がかかります」

「かまわん」レジナルド・ブルは真相を突きとめようと躍起になっていた。ようやくなにかをつかみかけているのだ。「時間をかけるだけの価値があるだろう」

数分後、グッキーがもどってきた。

「準備オッケイだよ」と、かれはいった。「だけど、警告しておく。ぼくはあの建物内には入っていないからね。外からようすを見て、だれかが……たとえば、赤いコンビネーションのハウリ人とか……なかにいるかどうかたしかめてみようとしただけなんだ。有機体の意識の放射のようなものは確認できなかったけど、あのなかにはなにかがいるよ。なにか、不気味なものがね。あそこには強いプシオン力が巣くってるんだ。それでもやるのかい？」

「やる」ブルはきっぱりといった。「わたしは精神安定手術を受けている」

「これまで何度も、それだけじゃ不充分だってわかってるんだぜ」と、イルトが異議を唱える。「安定化されただれかさんの精神だって透過するような力が存在するんだ。すくなくとも、自分に危険が迫っているかどうか感じられるようにしておくべきだよ。そう感じたら、すぐ合図して。すぐに引きかえすから」

「了解」ブルはうなずく。「手を貸してくれ」

今回は痛みはまったく感じない。無重力空間にいると思う間もなく、足が地に着いたのを感じ、目を開ける。

あたりは暗かった。洞窟のなかよりも暗い。ピココンピュータの録画映像には窓がうつっていたが、その窓には二重偏光ガラスがはまっているため、外光はほんのわずかしか入ってこない。ぶーんという機械音が聞こえ、その瞬間、かれは自分の意識に鈍い圧力がかかるのを感じた。

「おまえは支配者へプタメルの英知を認識している」かれの脳内に未知の声がささやきかけてきた。「おまえはヘクサメロンの聖なる書の教えが真実であることを知っている」

レジナルド・ブルはグッキーの手の圧力を感じた。

「なにか感じてる？」イルトはたずねた。「耐えられるかい？」

「いまのところは大丈夫だ」歯を食いしばり、ブルが答える。

明かりがともった。グッキーがコンビネーションの胸のライトをつけたのだ。建物のなかは、部屋がひとつあるだけだった。右側の、窓のない長辺の壁ぎわにグレイのユニットボックスがならび、そこからぶーんという音がずっと聞こえている。重いドアのある壁はブルのうしろだった。ブルの前に、ちいさな囲いがある。左側は窓のある壁で、その角に黒いカーテンでしきられたちいさな空間がある。

グッキーはカーテンのほうへ歩いていった。そのあいだ、レジナルド・ブルは意識のなかで動悸がはげしくなるのを感じていた。かれには同じメッセージがくりかえし聞こえていた。

「おまえは支配者へプタメルの英知を認識している……」ではじまる同じメッセージが。

グッキーはカーテンの一枚をさっと横にはらうと、鋭い叫び声をあげた。プシオンの集中砲火を浴びてぼうっとしていたブルははっとしてそっちに顔を向けた。カーテンの向こうに、高脚の寝椅子が見えた。血《ち》の気《け》の失せた人間がぐったりと横たわっている。
スペンス・ハーボウ……!
そのとき、ブルの背後でドアが開く音がした。

5

天井の照明が点灯した。開いたドアの向こうに、赤いコンビネーションを身につけた、長身のハウリ人が立っていた。見知らぬ存在が二名いるのを知っても驚いてはいないように見えたが、落ちくぼんだ目のなかに冷たいグリーンの光が閃《ひらめ》いた。

かれが二歩、前進して部屋のなかに入ると、ドアが閉まった。

「これは予想外のボーナスだ」低いがらがら声でかれはいった。ハウリ語だった。「おまえたちはヘクサメロンの英知をすでに認識しているのか？」

レジナルド・ブルは、プシオン性メッセージの騒音にしだいに耐えきれなくなってきた。かれには、自分がもう耐えられないことがわかった。赤いコンビネーションのハウリ人が入ってきた瞬間、プシオン性の影響力がいっきに増大したようだ。

ブルは大声を出すことによって呪縛から一時的にのがれた。理性を一瞬とりもどしたおかげで、いまなにをすべきかを判断できるようになった。レジナルド・ブルはベルトから武器を引き抜いた。ほとんど無意識におや指の腹でぎざぎざのついた切りかえスイッチに触れ、コンビブラスターがパラライザー・モードになっていることを確認する。

ブルが引き金を引いたとき、ぶーんという高い音が聞こえた。ハウリ人のしわだらけのひからびた顔に驚愕の色が浮かび、両目の冷たい光が消えた。赤いコンビネーションのハウリ人は、それでも驚くほど長いあいだまっすぐ立っていたが、やがてよろめきはじめ、ついに倒れた。

レジナルド・ブルの背後でばちばち、しゅーしゅーという大きな音がした。ブルが振り返ると、ぎらぎら光る太いエネルギー・ビームが部屋を横切ってグレイのユニットボックスのほうへ伸びていくのが見えた。ユニットボックスのひとつのなかで爆発が起きた。ユニットボックスは外側へふくらんで裂け、裂け目から刺激臭のする黒煙が立ちのぼった。

ブルはほっとひと息ついた。かれの意識にのしかかっていた重圧は消えていた。かれは武器をホルスターにもどした。

「ありがとう！」と、息をはずませていう。「あぶないところだった」

グッキーは一本牙をむき出し、にやりと笑った。コンビブラスターをパラライザー・モードにもどし、ふたたびベルトに装着する。

「きみがもう持ちこたえられないのを感じたんだ」と、かれはいった。「親友がヘクサメロンの門徒になるなんて、耐えられないからね！」かれはあたりを見まわした。スペンス・ハーボウは騒動にまったく気づいていないようだった。高脚の寝椅子に横たわり、ぴくりとも動かない。下半身をおおう薄い布以外、なにも身につけていない。

「ここに着いてからまだ数分しかたっていないけど、もうかなりの損害を引き起こしちまったね」と、イルトはからかうようにいった。「これからどうする？」

「ハーボウを連れて帰る」と、ブル。「このハウリ人もだ。ここでなにがあったのか、仲間のハウリ人は必死に考えるといい。手がかりはなにものこっていないんだからな」

　グッキーは寝椅子の前に無言で立っていた。目に見えない手につかまれたかのように、スペンス・ハーボウのからだがふいに動きはじめた。上体を起こすと、寝椅子から床にすべり降り、立ちあがった。グッキーがテレキネシス能力を使って、意識のないハーボウを注意深く動かしているのだ。

「倒れないように、支えてやってよ」と、イルトはたのんだ。

　レジナルド・ブルはハーボウの肩をつかんだ。グッキーがハーボウの手をとる。

「じゃあ、いこうか！」と、ブルにいう。

　次の瞬間、イルトとハーボウの姿は消えていた。レジナルド・ブルは、倒れたまま動かないハウリ人を見つめていた。〝水使い〟は計画の妨げになるだろう。かれから情報を引き出すことはできない。だが、逃げだしたり自殺したりしないよう、かれを見張る必要がある。

グッキーがもどってきた。かれは、スペンス・ハーボウのときと同じようにして赤いコンビネーションのハウリ人も運んだ。もう一度もどってきたとき、かれは無言でブルの手をとった。ブルは本能的に目を閉じた。ふたたび目を開けたときには、すでに洞窟のなかだった。目をさましたニッキ・フリッケルとウィド・ヘルフリッチが、水使いを興味津々《きょうみしんしん》でながめている。

「質問の答えが見つかったとき、あなたはもうここにはいませんでした」洞窟の壁から声がした。「答えをまだ聞きたいですか?」

ブルは振り返った。壁にはセラン防護服がまだかかっている。

「もちろん聞きたい」ブルはいった。

「当該建物の訪問者九名はすべて同一者でした」と、ピココンピュータはいった。「つまり、その建物を訪れたのは、九回とも同一のハウリ人だということです」

*

かれらは、ハウリ人を昔ながらのやり方で縛りあげ、洞窟の側道に運んだ。レジナルド・ブルは、ハウリ人が技術的装備、なかでもとくに転送機を目にすることのないように注意をはらった。

スペンス・ハーボウはセラン防護服のなかに入れられた。サイバー・ドクターがくわしく診察し、報告する。

「患者は現在、精神の低体温症とでも呼びたくなるような状態にあります。患者自身の意識はすっかり背後に押しやられています。おそらく、プシオン性の暗示的影響によって精神を構築しなおすためでしょう」

「ハーボウはすでにどの程度洗脳されているのだろう」レジナルド・ブルがたずねる。

「わかりません。それは、かれが意識をとりもどしたときわかるでしょう」

「いつ目をさます？」

「八時間から十時間はたたないと無理でしょう」と、サイバー・ドクターが答える。

「意識をとりもどさせる措置は、慎重におこなう必要があります」

テラ時間で深夜零時を十五分まわったとき……すでに十一月九日がはじまっていた……ナークトルが洞窟の入口にあらわれ、大声で文句をいった。

「おい、どうしてだれも交替しにきてくれないんだ？」

たしかに、スプリンガーのことをみんな忘れていたのだ。だが、そのあいだの出来ごとについて聞かされると、ナークトルはたちまち機嫌をなおした。

「盆地のようすはどうだ？」と、ブルがたずねた。「水使い一名と捕虜一名がいなくなったことに、ハウリ人はもう気づいたかな」

「盆地はしずまり返っています」ナークトルが答える。

ニッキ・フリッケルが見張りを交替した。グッキーは横になって眠っていた。出動していた時間は短かったが、テレポーテーションやテレキネシスは体力の消耗がはげしいのだ。

レジナルド・ブルは、ハウリ人を拘束している洞窟の側道に足を踏み入れた。ハウリ人には、あまった素材でつくられた、間に合わせのクッションをあてがっている。水使いは、不当なあつかいを受けたと文句をいうことはできまい。

ハウリ人は目を閉じていた。側道には明かりは置かれていないが、みんながいるところからもれてくる光で充分明るい。

「目がさめているのはわかっている」と、ブルはハウリ語でいった。「自分の武器の効力はわかっているからな」

ハウリ人は目を開いた。グリーンの火が目のなかで光っている。

「この不信心者め」水使いは吐き捨てるようにいった。「二重の意味で永劫の罰に値《あた》いする。真の教えを知る機会をあたえられたのに、真理を拒否したのだからな」

「自分の宗教教義をどう考えようときみの勝手だが」と、ブルはおちつきはらって答えた。「われこそが唯一の真理なりと主張している点で、きみの宗教はわたしにはいかがわしいものに思える。だがそんなことは問題ではない。われわれにはまだしばらくここでやることがあるんだが、われわれがここにいるあいだはきみにはわれわれの捕虜でいてもらう。われわれの飲食物がハウリ人には摂取不可能だということはわかっている。きみたちはウルヒイトゥとポナアから独自の食糧をつくって食べている。わたしがカルタン人の友たちからいわれたように……」

「罪人め！　冒瀆《ぼうとく》者め！」憎しみをこめてハウリ人は叫んだ。「やつらは六の日を生きのびられはしない」

「タルカンではそうだ。きみのいうとおり」と、ブル。

　水使いはいきり立った。

「その名を口にするな！」と、かれは怒りくるって叫んだ。

　ブルは、ハウリ人がすこしおちつきをとりもどすまで間を置いてから、話をつづけた。

「こちらがたんに客観的事実を述べているときに、イデオロギーにこだわっていちいち話の腰を折らないほうが身のためだ」と、かれはおだやかにいった。「わたしがいいたいのは、ここにはウルヒイトゥもポナアもないということだ。死にたくなければ、どこでそれを調達できるかわれわれに教えるしかないぞ」

　ハウリ人は大きく目を見開いた。グリーンの光が強くなる。

「真の教えを冒瀆する者め！」水使いははげしく毒づいた。「キュエル・カル・サイイトがおまえの汚れた手から聖なる食物を受けとると思っているのか？　そもそも、わたしがだれなのかわかっているのか？」

「知ってるとも、水使いだろ？」あっさりとブルがいう。

ハウリの目の光がグリーンから黄色みを帯びた色に変わった。キュエル・カル・サイイトは驚いたようだった。それどころか、うろたえているようだ。

「〝水使い〟についてなにを知っているんだ？」かれはかすれ声で絞り出すようにいった。

「〝水使い〟は司祭階級の高位者と見なされている」と、ブルが答える。ハウリの本音を引き出せるきっかけが見つかったことに、即座に気づいたのだ。

「見なされている、だと？」キュエル・カル・サイイトは吐き捨てた。「司祭のなかでも選び抜かれた者たちだ！〝水使い〟のうえには、〝炎の鏡〟しかいない……」

「そして、〝炎の鏡〟のうえには」と、ブルはばかにしたようにいう。「支配者ヘプタメルがいて、支配者ヘプタメルのうえにはさらにシャムウの地の神々がいる。まったく、たいしたヒエラルキーをつくりあげたもんだ。ただ、疑問なのは、階級の最下層に置かれた哀れなやつはどう思っているかということだ」

ハウリ人は拘束されたからだを突っぱった。

「それを……おまえはすべて知っているのか？」かれはあえいだ。「どこで知った……不信心者め……」

「われわれには独自の情報源があるんだ」と、ブル。「ここにも、タルカンにもな」

「卑怯者……！」

「きみたちがここでなにをするつもりかも知っているぞ」レジナルド・ブルはかまわずつづけた。「ヘクサメロンは、ハンガイ銀河の転送によってこうむる損失を埋めあわせるつもりだ。この球状星団が属している銀河を、ハンガイ銀河のかわりに収縮する宇宙に移し替えるつもりなのだ」

水使いの口からごろごろという音がもれた。

「もちろん、そんなことはさせない」と、ブルはたたみかける。「そのためにわれわれはここにきたんだ。三角座銀河……われわれはそう呼んでいる……の諸種族はタルカンで熱死することを望んではいない。かれらは生存とさらなる発展を望んでいる。われわれはかれらに助力する。ハウリ人の物質シーソーは、稼働可能になる前に破壊される」

ハウリ人はふいにしずかになった。目の光が消えている。ブルは黙ったが、水使いのほうも口をつぐんだまま、かなりの時間が経過した。ふたたび話しはじめたとき、ハウリ人の声はかすれ、弱々しくなっていた。

「わたしが思っていたより、おまえは危険なやつだ。おまえの悪行をやめさせねばならない。おまえの肉体をエシュラア・マグハアスに運び、炎の女神ギルラトゥの野獣の餌にしてやる」

最後は声がしだいにちいさくなっていった。ハウリ人は目を閉じていた。レジナルド

・ブルははっとして、動かないからだのうえにかがみこみ、生命のしるしを探した。胸に耳を当てて鼓動を確認し、湿した人差し指をハウリ人の鼻の下にかざして呼吸をたしかめる。

ハウリ人の身体機能はまったくわからないものの、ブルは確信した。キュエル・カル・サイトはすでに事切れていた。

*

側道から出てきたブルに、グッキーが近づいてきた。

「どうして寝かせておいてくれないんだい？」かれは文句をいった。「聞こえてくる思考が強力すぎて、とっても眠れやしないじゃないか」

「きみの心配事は眠れないことだけか」ブルの声は、かれが意図したよりもとげとげしく響いた。「たったいま、ハウリ人が自殺してしまった。わたしがかれを自殺に追いこんだんだと思う」

「ぼくがいってるのはそのことさ」と、イルトはぼやいた。「あいつの思考は……」

それから先はいわなかった。そこへ、ニッキ・フリッケルが息を切らして洞窟の入口から駆けこんできた。

「外は大騒ぎよ」あえぎながらいう。「突然、盆地のいたるところでハウリ人が活動しはじめたわ！」

レジナルド・ブルには、キュエル・カル・サイトがどんな方法で自殺したのかはわからなかった。だが、水使いはある明確な目的のために自殺したようだ。もしかしたら、ハウリ人は死の瞬間に仲間に向けてプシオン・シグナルを発することができるのかもしれない。そんなことがありえるのだろうか。死の直前、キュエル・カル・サイトは〝おまえの悪行をやめさせねばならない〟といった。

「かれらはどんな活動をしている？」ブルがたずねる。

ニッキ・フリッケルは、セラン防護服のピココンピュータに報告をまかせる。

「数百機のグライダーが発進し、盆地の南半分の上空をくまなく飛びまわっています。その動きから、なにかを探しているものと思われます」

「だが、その捜索対象は盆地のなかに限定されているんだな？」

「さしあたってはそうです。ハウリ人はものごとをシステマティックに進めています。盆地内でなにも見つからなかった場合にどこまで捜索を継続するかはまだわかりません」

ブルはほっとひと息ついた。かりにキュエル・カル・サイトが本当にシグナルを発したのだとしても、位置まで正確に伝えられるシグナルではなかったようだ。かれはセラン防護服を壁からとってすばやく着用し、ハウリの今後の行動を見きわめるために見張り場所に行こうとした。だが、その日はなにひとつ計画どおりには運ばなかった。洞窟を出ようとしたとき、背後で力強い声がした。

「なにがあったんだ？　ここはどこだ？」

ブルは振り返った。洞窟の奥に、セラン防護服のヘルメットを開けたスペンス・ハーボウがすっくと立っている。

ブルはほんの一秒で驚きから立ちなおり、ハーボウに歩みよった。

「スペンス、気分はどうだ？」と、かれはたずねた。「サイバー・ドクターの見立てでは、きみが意識をとりもどすには八時間から十時間はかかると……」

「わたしは元気だ」ハーボウはぶっきらぼうにブルの言葉をさえぎった。「ここはどこだと訊いているんだ」

そう話しながら、かれはセラン防護服のファスナーをいじっていた。セラン防護服が脱げ落ち、スペンス・ハーボウは洞窟のなかで裸で仁王立ちになった。腕を伸ばし、レジナルド・ブルを押しのける。目が異様に据わっている。洞窟の出口に向かって歩きだしたが、その足どりはまるで機械のようだ。

「きみはわれわれのところにもどってきたんだ、スペンス」ブルは困惑しながらいった。

「ハウリ人につかまっていたきみを、われわれが救いだしたんだ」

「それで、きみたちはだれなんだ？」振り向きもせず、ハーボウがたずねる。

ブルは頭を殴られたようなショックを受け、立ちどまった。スペンス・ハーボウのほうは、夢遊病者のようなぎこちない足どりで歩きつづけた。洞窟の出口で立ちどまり、振り返る。顔に表情がもどってきた。目が怒りに燃え、顔が憤怒の形相《ぎょうそう》にゆがむ。

「きみたちがだれなのか、わかった」と、かれは力強い声で叫んだ。「きみたちは、わたしが真の教えを受け入れるのを妨げようとしている不信心者だ。きみたち呪われた者は、炎の女神ギルラトゥの怒りに打たれるだろう……」

そして、コマンド部隊の五名が驚きのあまり身動きもできずにかれの言葉に耳をかたむけているあいだに、突然かれは横っ飛びに跳ぶと姿を消してしまった。

レジナルド・ブルははっとわれに返った。かれは無言で洞窟の出口から飛びだし、あたりを見まわした。スペンス・ハーボウが岩棚をのぼっていくのが右手に見えた。百六十二歳のハーボウが信じられないほどの敏捷《びんしょう》さを見せている。大股でぴょんぴょんと飛び跳ねながら、岩棚の突端にあと数メートルのところまでのぼっている。

ブルはハーボウを追いかけた。一瞬、グラヴォ・パックを使おうかと考えたが、エネルギー放射から位置を特定される恐れがあるため、思いとどまった。ハウリ人がただでさえ殺気立っているいまは、なおさらまずい。ハーボウに追いつけるチャンスは最初からなかった。だが、ハーボウがなにをするつもりかは、たしかめなければならない。

スペンス・ハーボウは岩棚の突端までくると、胸の高さまであるその岩に飛び乗った。

向こう側は断崖だ。だが、左側は森におおわれた斜面で、ずっとゆるやかな傾斜が盆地までつづいている。ハーボウは、カモシカのような敏捷さで岩の稜線《りょうせん》を走っておりていった。岩の鋭い角で足の裏が傷だらけになっているはずだが、なんともないようだ。レジナルド・ブルは岩棚の突端までやってきた。ハーボウとはすでに三十メートル以上はなれている。

「スペンス、もどってこい！」ブルは必死に叫んだ。

嘲笑が返ってきた。ハーボウは稜線の端まで降りていくと、そこからひとっ飛びに森の藪のなかに姿を消した。

ブルのすぐ近くでしゅっという音がした。イルトが実体化したのだ。

「かれはどこだい？」イルトはたずねた。

ブルは森の斜面を指さした。

「あのなかだ」と、答える。「盆地に向かおうとしている」

「ぼくが探しにいってもいいけど……」と、グッキーがいいかけたのを、

「おまえさんはここにいてくれ」と、ブルが制した。「おまえさんはこのあたりの地形を知らないし、ハーボウがあのままのスピードで走りつづければ数分で麓に着いてしまうだろう」

そのときはじめて、かれは盆地のようすを観察した。盆地の南端に近いところを、二

十機以上のハウリ人のグライダーが飛んでいる。グライダーは東から西へまっすぐに飛んでは反転することをくりかえし、往復するたびに数百メートルずつ南へずれていく。ニッキのピココンピュータのいったとおり、かれらはシステマティックな本格的捜索をおこなっている。

突然、グライダーのフォーメーションが乱れた。もっとも南よりを飛んでいた数機のグライダーが編隊をはなれ、盆地の端に向かって飛んでいく。レジナルド・ブルは身を乗り出した。森の斜面の麓で、スペンス・ハーボウが藪から姿をあらわした。かれはハウリ人のグライダーに全速力で走りより、両手を振って合図した。

グライダーの一機がかれに近づいていく。透明なコックピットが開くのが見えた。

閃光がはしった。スペンス・ハーボウは、見えない壁に激突したかのように突然停止した。黄色い炎がかれをつつみこんだ。砲撃の轟音と、長く尾を引く絶叫が聞こえた。火がしずまったとき、真の教えを受け入れようとした男の姿はあとかたもなく消えていた。

「なんてことだ……！」レジナルド・ブルは力なくいった。

6

かれらは洞窟の壁ぎわにならんですわっていた。前を見つめたまま、だれもなにもいわない。恐ろしい出来ごとのショックから立ちなおれないのだ。

グッキーがもどってきた。

「スペンス・ハーボウの足跡を見つけた」と、報告する。「斜面の上のほうにあった足跡は、だいたいだけど消してきたよ。〝水使い〟の死体は、山腹の下のほうにかくしてきた」

レジナルド・ブルは視線もあげず、うなずいた。いまは、イルトがした以上のことはできない。ハウリ人の行動から、かれらがスペンス・ハーボウはみずからの意志で逃亡したのだと信じていることは明らかだ。かれらはスペンスの行動を、ヘクサメロンの教えを受け入れるつもりがないことの証明と見なし、かれを射殺したのだ。かれらはハーボウが潜伏していた場所を探すだろう。そして、かれの足跡を追う過程でキュエル・カル・サイトの死体を発見するだろう。ハウリ人らが、ハーボウはなんらかの方法で水使いを無理やり逃亡に同行させた末に自殺に追いこんだのだと、結論づけてくれればいいのだが。

こんな単純な計画がうまくいくとすれば、コマンド部隊のメンバーはかなりついているといっていいだろう。

ニッキ・フリッケルが立ちあがった。

「あと何時間か、見張りに立たないと」と、彼女は疲れたようすでいった。「変わったことがあったら、報告するわ」

彼女は洞窟を出ていった。イルトがブルのとなりに腰をおろす。

「ほんとはあのとき、いおうとしたことがあったんだけど」と、ちいさな声でいう。「そこへニッキがもどってきて、あっという間にあの大騒ぎだっただろ。いいそびれちゃったことがあるんだ」

「話してくれ！」ブルがうながす。

「死の直前、水使いの意識が開いたんだよ。あいつ、〝時間終止作戦〟がおびやかされてると感じてひどく恐れ、そのことを集中的に考えてたんだ。たぶんその恐怖は、きみがいったなにかによって引き起こされたんだと思う」

「われわれは物質シーソーを破壊する、とかれにいった。するとかれは、自分がこれまで考えていたよりおまえは危険なやつだと、いった」

「それだ、それにちがいないよ」と、グッキー。「あいつがパニックになったおかげで、その意識が開き、それまでぜったいに見ることのできなかった意識の奥まで見えるようになったんだ。そのとき、奇妙な部屋が見えたんだけど、一瞬で消えちまった。すさまじい勢いのプシオン放電が起きたからさ。あれは、ぜったいあのハウリ人が死んだ瞬間だね。次の瞬間、ぼくはスペンス・ハーボウが意識をとりもどすのを感じたんだ。瀕死の水使いの意識から発したインパルスが、きっとハーボウを目ざめさせたんだよ。ハウリ人の死のインパルスに反応するように、ハーボウの精神が事前に調整されていたのかもしんない」

　たしかにそうかもしれないと、ブルは思った。インパルスはスペンス・ハーボウを目ざめさせただけでなく、かれの肉体に秘められていた力をも解放したようだ。

「おまえさんに見えたという部屋とはどんなものだったんだ？」ブルはたずねる。

「まるい部屋だった。まるいというのは、床面が円形だということだよ」と、イルトが答える。「大きな部屋だったな。直径がすくなくとも二十メートルあった。天井はドーム型で、暗赤色に輝いていて……」

「まるでハンガイ銀河の宇宙空間のように」と、ブルが言葉をさしはさんだ。

「そう、そのとおり」グッキーが同意する。「部屋の中央に、漏斗のような放射装置六基の模型が置かれてた。放射装置の周囲には、コンソールのように見える機器が二重の同心円状にならんでたな。壁ぎわにもいろんな機器が据えつけられてた。コンソールのようなものもあったけど、そのほかにも、なんに使われるのかわからない装置もあったっけ」

グッキーは口をつぐんだ。

「それだけか？」ブルがたずねる。「その部屋がどこにあるのかはわからないのか？」

「水使いの意識が開いていたのはほんの数秒だったんだぜ」レジナルド・ブルの声から失望を感じとったイルトが弁明する。「それから閃光がはしって、ハウリ人はすぐ死んじまったんだぞ。だけんど、きっとハウリ人のプロジェクトにとって、ぜったい重要な意味を持つ部屋にちがいないぜ。たぶん、物質シーソーはその部屋から操作されるんじゃないかな」

〝そうにちがいない〟ブルは無言のままネズミ＝ビーバーに同意した。グッキーがキュエル・カル・サイイトの思考のなかに見た部屋は、物質シーソーの中央オペレーション・ステーションなのだ。物質シーソーを停止させるには、それが稼働しはじめる直前にその部屋を破壊するだけでいいのだ。直前でないと、ハウリ人に代替ステーションを準備する時間をあたえてしまうことになるかもしれない。

ブルは立ちあがった。グッキーには、その部屋がどこにあるかまではわからなかった。だが、それがある場所はひとつしかない。盆地北端の建物群のどこかだ。ブルは建物群をはじめて見たときから、物質シーソーのオペレーション・ステーションはそこにあるものと推測していた。

かれはピココンピュータが収集したデータを思いだした。盆地北端の建物群には、過去六日間に三名のハウリ人が訪れていた。かくれ場を探すなら、ほとんどだれもやってこない広大な建物群のまんなか以上にふさわしいところがあるだろうか。もちろん、十一月三十日が近づくにつれて状況も変わるだろうが、それまではそこがいちばん安全なはず……

スペンス・ハーボウの逃亡と水使いの死の真相をかくすための計画がうまくいくかどうか、レジナルド・ブルにはわからなかった。

だから、ただちに判断をくだす必要があった。

「グッキー」と、かれはいった。「あらためて相談がある」

*

レジナルド・ブルは、大きなフィルムシートをペンでとんとんとたたいて、いった。

「物質シーソーの中央オペレーション・ステーションはやはり中心的な位置にあると考えるべきだろう。この八角形の塔は建物群の中心にある。それに、これはあたり一帯でもっとも高く目立つ建物だ。ここを探すのがいいと思う」

フィルムシートには、グッキーが作成した建物群の平面図がおさめられている。この五日間、イルトは自分の能力をはるかにこえる力を出してがんばってきた。コマンド部隊のメンバー全員を無事にあらたなかくれ場に移動させたばかりか機械類をも運び、そのうえ、盆地北端の建物群の偵察に何度も出かけていたのだ。

「それはテラの考え方です」と、ウィド・ヘルフリッチが意見を述べる。「だが、ハウリ人のメンタリティはわれわれとはかけはなれている。中央オペレーション・ステーションが周辺の建物のひとつにあることだって充分にありえます」

新しいかくれ場は、ブルがいま指した八角形の塔の足もとにある、小屋のような付属建物のなかだった。グッキーが塔周辺を調査し、このちいさな目立たない建物をかくれ場に選んだのだ。小屋の内部は、まるで一度も使われたことがないような印象だった。もしかしたら、その小屋は、八角形の塔が建設された時代の遺物なのかもしれない。なかはからっぽで、床にはかび臭い埃《ほこり》が指三本分の厚さに積もっていた。

「テラの考え方だろうがなかろうが」と、ブルはウィド・ヘルフリッチの異議を却下していった。「とにかく、どこかから探しはじめないといけないんだし、それなら近くからはじめるのがいちばんだ。塔のなかにどうやって入るかはわかっている。だから、ここからはじめよう」

グッキーにとって、洞窟から新しいかくれ場へのテレポーテーションにも、そこから洞窟へもどるテレポーテーションにも危険がともなっていた。最初、ハウリ人たちは水使いの死を、ブルの思惑どおりに受けとったように見えた。だが、イルトがニッキとウィドとナークトルとブルを新しいかくれ場に運び終え、機械類の移動にとりかかった矢先、ハウリ人のグライダーがあらためて大量に飛びはじめた。今回は盆地上空で捜索にあたるだけでなく、南側の山地にまで進出してきた。グッキーがちょうど洞窟にもどっていたとき、ハウリ人のグライダーがその近くを通過した。ハウリ人がプシオン探知機を使用していることを、イルトははっきりと感じとった。侵入者が山中にかくれている可能性をかれらは想定しているのだ。

そのため、機械類の移動は遅れることになった。グッキーはそれ以降、より慎重になり、ハウリ人の捜索機が付近にいないと確実にわかっている場合にしか洞窟にテレポーテーションしないようにした。

捜索活動は四日後に打ちきられた。どうやら、ハウリ人は、惑星アシュカルには自分たち以外にだれもいない、自分たちはだれにも監視されていないという結論にいたったようだった。

そうこうするうち、四四七年十一月十三日になった。物質シーソーの中央オペレーション・ステーションの発見がいよいよ急がれる事態となった。ウィド・ヘルフリッチのもっともといえばもっともな反対意見にもかかわらず、レジナルド・ブルの提案は採用された。ウィド、ニッキ、ナークトル、ブルの四名は、側面の入口のひとつから八角形の塔内部に侵入し、捜索を開始した。

グッキーだけはかくれ場にのこっていた。大いに働いたあとは休息が必要だったからだ。

＊

四時間かけてようやく塔の最上階までたどり着いたとき、レジナルド・ブルは苦々しく思った。ひろさ二平方キロメートルの巨大建物群のなかで特定の一部屋を探すには、もっといい方法があったんじゃないだろうか。本当に建物をひとつひとつ探していくとしたら、見つかるまでに四、五週間かかってしまうかもしれない。そんなに時間をかけることはできない。

ハウリの建築様式にはとほうにくれるばかりだった。かれらの建築には対称性というものがない。秩序というセンスがないのだ。ブルは、幾重にも入り組んだ通廊を探索し、その途中で見つけたドアをすべて開けてみた。ドアの向こうにはたいていはちいさな部屋があり、そこには箱や引き出しや椅子やベッドやテーブルや棚が所狭しとならんでいた。なかには、電子機器がならんでいる部屋もあった。

曲がりくねって延々とつづいている、明るい照明のついたひろい通廊に出たとき、ブル持ち前の楽観主義がふたたび目ざめた。グッキーが水使いの思考のなかに見た部屋は、こんな通廊にとりまかれているのかもしれない！

ブルはあたりをうかがった。ここにかぎらずこの建物群のなかに一ハウリ人もいないことはすでにほぼ確実だったし、ロボット・ユニットもすべてオフになっていたが、かれは必要な注意を一瞬もおこたらなかった。

ブルはひろい通廊を横切り、宇宙船のハッチのように重厚なつくりの、両開きのドアに近づいていった。ドアの開閉のしくみはすでにわかっている。ハウリ人はドアに特別な安全対策を講じてはいない。ドアは、接近すれば開くしくみになっている。

両開きのドアの向こうを見たとき、一瞬前までいだいていた希望が、針を刺された風船のようにはじけ飛んだ。その部屋の床面は円形ではなく半円形だったし、直径も二十メートルもなく、端から端までがせいぜい十二メートルしかなかった。なにより、そこには、六つの漏斗形装置の模型がなかった。用途のわからない装置が雑然と置かれている。まるで、用なしになったものを押しこんだようなぐあいだ。

自動ドアを閉じるため、レジナルド・ブルはドアからはなれようとした。そのとき、物音がした。きーきーというその音には聞きおぼえがあった。これはグッキーが興奮したときに立てる音だ。かれは開いたドアから二歩、部屋のなかへ入った。装置のひとつのうしろから、甲高《かんだか》い声が聞こえてきた。

「いいから入っておいでよ」と、その声はいった。「重要な手がかりをつかんだぞ」

ブルが機械類のまわりを一周すると、ネズミ＝ビーバーがちいさなコンソールつきの装置の前にすわっているのが見えた。グッキーはかれには目もくれず、背もたれの高い椅子を引きよせて座面に立ちあがると、コンソールのタッチセンサーをすばやく操作した。グッキーのセラン防護服の胸から伸びる非常に細いケーブルが、コンソール側面の接点につながるのが見えた。

ブルが近づいていくあいだに、グッキーは説明をはじめた。

「中央オペレーション・ステーションみたいな重要な部屋には、通信回線がたくさんあるにちがいないと思ってたんだ」

「おまえさんは眠っているものとばかり思っていたよ」と、ブル。「いままで無理をしてきたんだから、休んだほうがいい」

「そんなことはいいから、黙って聞いてよ」と、グッキーがかれを制する。「だいじな話なんだぜ。ぼくの前にあるこれは、インターカム・システムのコントロール・ユニットのひとつなんだ。ぼくが分析しているのは、十一番めのコントロール・ユニットだ。ぼくの考えどおり、中央オペレーション・ステーションに数多くの通信回線があるとすれば、インターカム・システムの各配電器から何本かの……すくなくとも、建物群内部のほかの場所よりも多い本数の……回線がコントロール・ユニットにつながってるはずだろ。ぼくがいっているのは、ケーブル回線じゃなくて、フィールド回線のことだぜ。この分野ではハウリ人のテクノロジーはぼくらと同等だからね」

レジナルド・ブルは驚きを忘れ、注意深く耳をかたむけはじめた。

「配電器の回線にシグナルをあたえて、そのエコーが返ってくるのを待てば」と、グッキーは言葉をつづける。「配電器と受信機との距離がわかるだろ。この作業を複数の配電器からやったとしたら……そう、いまやっているようにさ……各配電器を中心として、シグナルが返ってくる時間に比例する長さの半径を持つ円を描くことができる。そして、多くの円が交差する点は、まちがいなく通信システム内の重要な場所ってわけさ」

ブルは理解した。さっきわたしが思いついたのよりもいい方法だ！

「おまえさんはどこまで……」

グッキーはブルを制していった。

「それにはもちろん、フィルムシートとコンパス、それに定規が必要だ」と、グッキーは話をつづける。「フィルムシートは持ってるけど、コンパスと定規はないだろ。だから、セラン防護服のピココンピュータにデータを記録させて、円を描かせることにしたんだよ」

レジナルド・ブルはがまんできなくなった。背もたれの高い椅子に歩みよると、グッキーを抱きかかえてそっと床におろす。

「なにを見つけたのか、すぐにいわないと……」と、おどかす。

イルトは大げさに一歩あとずさりすると、短い腕をわざとらしくあげた。

「暴力はやめてくれよな、友よ」と、かれは叫んだ。「いうよ、いうからさ。三十以上もの円が交差する点が見つかったんだ。それがきみの探している中央オペレーション・ステーションじゃなかったら、ぼくは自分の理論がなんの役にも立たないことをよろこんで認めるよ」

＊

そこは、グッキーがキュエル・カル・サイイトの思考のなかに見た部屋だった。その部屋は、八角形の塔の地下十五階にあった。ナークトルがついさっきの捜索のさいに地下十二階にまで足を踏み入れていたことを考えれば、これは運命の皮肉としかいいようがなかった。

かれらは部屋のなかを注意深く見まわした。この部屋のテクノロジーはすくなくともひとめで理解できるほど単純ではなかったが、かれらの計画にとって、操作やコントロールのメカニズムを理解することはかならずしも必要ではなかった。かれらの任務は、その部屋に爆弾をしかけ、決定的な瞬間に使用不能にすることだった。小型爆弾をしかけるかくし場所を探す必要があった。装置がどのように機能するか調べるのは二の次だった。重要なのは、装置がうっかり作動してしまわないようにすることだった。

レジナルド・ブルだけは、時間が許すかぎりこのハウリ人のテクノロジーを調べようとしていた。とくに、六つの漏斗形放射装置とそれに接続されたコントロール・コンソールに興味をひかれた。コンソール上に表示されているハウリ人のシンボルを解釈するのはかんたんだった。装置のメカニズムを大まかに描いた図が、かれの意識のなかでしだいにできあがっていった。かれはピココンピュータに命じ、もっとも重要だと思った機器を撮影させた。こうしておけば、なにかわからないことがあったときにあらためて調べられる。

爆弾のかくし場所を決め、これもやはり撮影したあと、コマンド部隊は撤退した。ネズミ＝ビーバーの助力は必要なかった。相いかわらず、塔にもその地下階にもだれもやってこなかった。ブルとその同行者たちは反重力シャフトで地上にもどり、すぐに爆弾の準備にとりかかった。

この仕事は自分がしなくてもいいだろうとブルは思った。決められた場所にしかけられるように爆弾を製造するには三名で充分だ。そのあいだにハウリ人のテクノロジーを研究しておきたい。というのも、ちょっと気になる点があったのだ。かれは小屋のすみに引っこみ、セラン防護服のヘルメットを閉じて楽な姿勢をとると、ピココンピュータに、中央オペレーション・ステーションで撮影した画像を順にヘルメットのスクリーンにうつしだせと命じた。

かれは数時間かけて画像を調べた。レジナルド・ブルは非常に高い科学技術教育を受けていたし、機会があればそのつど、専門知識の向上を心がけていた。技術的直感を持ち合わせていたし、それになにより、二千年以上にもわたるとてつもない経験値の持ち主だった。ハウリ人のテクノロジーについてはこれまでほんのわずかしかわかっていなかったが、かれはその数すくないデータを徹底的に研究してきた。ヘルメットのスクリーンにつぎつぎとうつしだされる画像を見ているうちに、中央オペレーション・ステーションのしくみがしだいに明らかになってきた。

そして、それにつれて不安が募っていった。

ピココンピュータをオフにしてヘルメットを背中側にたたんだとき、かれは深刻な表情をうかべていた。ニッキが真っ先にそれに気づいた。

「ねえ、バーボン抜きのマンハッタンを出されたときみたいな顔ね」と、彼女はいう。

「どうしたっていうんです?」

「あまりいい話じゃない」ブルがつぶやく。「われわれがいるここは、火薬樽のうえだ」

「それは知らなかった」と、ニッキが皮肉っぽくいう。「ずっと、なんの心配もないと思っていました」

ウィド・ヘルフリッチとナークトルもけげんな顔でブルを見ている。グッキーは眠っていた。

「物質シーソーがどのように機能するのか、わかった」と、レジナルド・ブルはいった。「銀河系の技術者なら、こんなシステムを使うことを拒否するだろう。だが、ハウリ人にはハウリ人のやり方があるようだ。この装置は、いったん動きだしたら、狙いをつけた物質の移し替えが終わるまで、もうとめることはできない。つまり、三角座銀河をタルカン宇宙に移し替えるまでとまらない、ということだ」

自分の言葉が相手に充分浸透するのを待ってから、かれはつづけた。

「六重の同心円状建物群が、物質シーソーに膨大なエネルギーを供給する。場合によっては、われわれから奪ったハイパートロップもエネルギー供給に使われるのかもしれない。シーソーは決定的瞬間までエネルギーを蓄積する。カルタン人がハンガイの第三クオーターを通常宇宙に移送するメエコラー・プロジェクトのエネルギー流出をシーソーのセンサーが感知すると、シーソーは吸引フィールドを構築しはじめる。そのために、シーソーはエネルギーを必要とする。そこで、蓄積されたエネルギーの一部が流出するが、同時に同心円状建物群からさらなるエネルギーが供給されるため、エネルギータンクの内容量はつねに同じ水準を維持する。吸引フィールドの構築にはある程度時間がかかる。正確な時間はわからないが、三十分から四十分のあいだだろうと思われる。そのあいだに、ハンガイ銀河の星々が物質化しはじめる。すると、タルカン宇宙に存在する双子ステーションから物質シーソーへ第二シグナルが送信される。タルカン宇宙にはこれと同じような双子ステーションがあるにちがいない。これは、分析結果から明らかだ。この第二シグナルを受信すると、物質シーソーはついに作動しはじめる。吸引フィールドは、カルタン人のプロジェクトのエネルギー流出を吸いとるようにベクトリングされる。Ｍ‐３３全体をつつみこむ吸引フィールドが突然形成されるんだ。移送のプロセスの詳細はわたしにはわからないが、とにかく、われわれの宇宙から消滅したＭ‐３３がタルカンでふたたび姿をあらわし、物質シーソーはその働きを停止する」

かれは沈黙した。全員がしばらく黙っていたが、やがてウィド・ヘルフリッチが鼻にかかった声でいった。

「哲学者の言葉は神託のごとく。だれも理解できないが、だれもが英知の最終的結論と見なす」

「黙りなさい！」ニッキ・フリッケルがたしなめる。「わたしはかれの説明を理解しているつもりよ。物質シーソーは、最初のシグナルを受信するずっと前から作動しはじめてる。メエコラー・プロジェクトによってエネルギー流出が起きると、最初のシグナルが受信され、シーソーにエネルギーが充塡される」ニッキはブルのほうを向いていった。

「メエコラー・プロジェクトのエネルギー流出が起きなければどうなりますか？」

「シーソーにエネルギーがたまりすぎてしまう。同心円状建物群からのエネルギー流入に、しばらくは持ちこたえられるだろうが、いつかは爆発してしまうだろう」と、ブルが答える。

「カルタン人のプロジェクトには問題がなかったのに、双子ステーションからシグナルが送信されなかった場合は？」

「結果は同じだ」

「いったい、そのエネルギーというのはどれくらいのものなのかしら？」と、ニッキがたずねる。「この盆地全体を吹き飛ばすくらい？」

「そんなもんじゃない」レジナルド・ブルが暗い顔で答える。「この惑星全体を原子の塵《ちり》に変えてしまうほどのエネルギーだ」

7

かれらは爆弾を敷設した。指定時間きっかりに点火が起きることを信じて、十一月三十日に作動するタイマーを爆弾にしかけておくことは、理論上は可能だった。そうすることができるのであれば、すぐに《シマロン》を呼びよせて惑星アシュカルをはなれればそれですむ。物質シーソーがなんらかの理由でハウリ人の計画どおりにいかなかったらどうなるのか、などと思いなやむ必要はない。

そうはできない理由がいくつかあった。まず、シーソーが決定的作動モードに入るのが十一月三十日のいつなのかがまったくわからなかった。爆発が早すぎた場合、損傷を修復する時間をハウリ人にあたえてしまうことになるかもしれない。あるいは、建物群から遠くはなれた場所に中央オペレーション・ステーションとまったく同じ代替施設が存在する可能性さえある。その場合、爆発で一方が破壊されても、ハウリ人はレバーをひとつ切りかえるだけで物質シーソーの操作をべつの場所から続行できるだろう。

レジナルド・ブルは、物質シーソーが最初のシグナルを受信するのを待って……つまり、メエコラー・プロジェクトのエネルギー流出が感知され、吸引フィールドの構築が開始されるのを待って……手動で爆弾に点火しようと決めた。そうすれば、爆発後にハウリ人が代替システムに切りかえることはできなくなる。

自分の肩にのしかかる責任の重さを思うと、レジナルド・ブルは何度も目眩《めまい》がしそうになった。ひとつの銀河がべつの宇宙に拉《らっ》し去られるのを阻止しようなどというだいそれたことを、ちっぽけで哀れな人間のぶんざいでどうして思いついてしまったのだろう。こんな任務をはたせると思いこむとは、自分や四名の仲間にどんな力があるというのだろう。

こうした疑念が浮かんできて絶望感に駆られると、かれはだれにもじゃまされない片すみに引っこみ、自分を必死にはげました。大丈夫だ、レジー。ハウリ人だってただの人間だ。あいつらが銀河をまるごと誘拐できると思っているなら、わたしがそれを阻止できると思ったっていいはずだ。

そう考えるとふたたび元気がわいた。しだいに、疑念が頭をもたげるとすぐにそれを振りはらうことができるようになった。かれはそういうことを考えないようにした。充分に精神的鍛練を積んできたかれは、すくなくとも目ざめているあいだはそうした重苦しい考えを振りはらうことができたが、眠っているときはそうもいかなかった。びっしょり汗をかいて飛びおき、寝床にすわって、二重偏光ガラスによって人工的につくりだされた暗闇を見つめることもたびたびあった。そんなときは、銀河をまるごと救うという任務がどうしてよりにもよって自分にふりかかったのだろうという思いにあらためて悩まされるのだった。

＊

四四七年十一月二十六日、ハウリ人たちがやってきた。

突然、建物群はヘクサメロンの門徒であふれかえった。コマンド部隊メンバーは小屋から出られなくなった。かれらは、この小屋もハウリ人のプロジェクトになんらかの役割をはたしているのかもしれないという不安に駆られ、数時間身を縮めていたが、それは杞憂《きゆう》だったとわかった。八角形の塔の根もとにくっついている小屋に、ハウリ人はなんの注意もはらわなかった。小屋の窓は二重偏光ガラスだったから、外から内部のようすを見られる心配はなかった。小屋のなかは一日中照明がついていた。この状況には、小屋のなかから外を見ることもできないというデメリットもあった。

　そんななか、イルトだけは完全な行動の自由を謳歌していた。過去十三日間、かれはブルとともにハウリ人の通信チャンネルにアクセスしようとしていた。かれらはまず、八角形の塔の最上階にある半円形の部屋の機器を使って作業した。そこは、グッキーが中央オペレーション・ステーションの位置を特定した部屋だ。

たゆまぬ努力にもかかわらず、それまでのところ成果はほとんどなかった。ハウリ人の通信テクノロジーについてある程度知ることはできたものの、その通信内容をうかがい知ることはできなかった。エネルギー放射の回数から判明したところでは、盆地西端のハイパー発信機はこの十三日間にすくなくとも五十回稼働していた。だが、発信機が送信したメッセージを傍受することは一度もできなかった。

これまでにわかったのは、塔最上階の半円形の部屋それ自体は通信センターではないということだった。そこはむしろ通信を管理している場所で、そこにある機器はすべて自動制御されていた。したがって、この建物群にあらたに大挙してやってきたハウリ人たちがここに入ってくる理由はなく、その点では安心できた。グッキーはそこでなおも作業をつづけたが、レジナルド・ブルはさしひかえた。思いがけず危険な状況になった場合、イルトだけならすばやくテレポーテーションすることができるが、ブルも連れていかなければならないとそのぶんよけいに一秒かかることになり、その一秒が任務の首尾不首尾を決めることになりかねなかったからだ。

ものごとは往々にして皮肉な経過をたどるものだ。すくなくともレジナルド・ブルにとっては、ふたりいっしょに十三日間探しても発見できなかったものを、グッキーが独力で見つけてしまったことは苦い皮肉と感じられた。ハウリ人の通信チャンネルにアクセスする方法がわかったのだ。

テラの暦で十一月二十七日午前三時のことだった。ブルの寝床のすぐわきで、しゅっという音とともにネズミ＝ビーバーが実体化した。ブルはもうずいぶん前から、なんとかして眠ろうとしていたのだが、たえず頭をもたげる不安のせいで目が冴えてしまっていた。かれは驚いて飛びあがった。グッキーの表情から、なにか重大な発見があったことがわかる。

「いっしょにきてよ！」グッキーがいう。

「危険すぎる」ブルがグッキーを制していう。「なにがあった？」

「自分の目で見てもらわないと」グッキーはゆずらない。「ぼくがずっときみの手を握ってれば、とくに危険はないよ。それに、ここ二十時間、塔の最上階にハウリ人はひとりもきてないんだ。よりにもよって、いまやってくることはないさ」

グッキーの説得にブルが折れ、かれらはいっしょに通信コントロールセンターへテレポーテーションした。ブルには即座に変化がわかった。うしろの垂直な壁に、ブルがそれまで見たことのない、明るい照明のついた背の高いドアがある。

「こいつが決定的な発見ってやつさ」ブルの手を握ったままグッキーがいう。「ぼくらはこう考えなきゃいけなかったんだ。この部屋の機械類はどのようにメンテナンスされているのか、ってね。数時間前にこの疑問が頭に浮かんだんだよ。しばらく考えていたけど、これまで目につかなかったこのドアを発見したとき、疑問が解けたってわけ。ドアはロックされていたけど、解除はかんたんだったぜ。ドアの向こうの部屋には、この装置のメンテナンスに使われる機械が収納されてるんだ。自動装置だけど、プログラミングに沿ったある種の意志を持ってた。ぼくは自分の目的に合った自動装置を探して、プログラミングの一部を除去してその意志を破壊したんだ」

　レジナルド・ブルは驚いて聞いていた。

「わからないな」と、かれはいった。「通信機器なら自分たちで持ってきたじゃないか。どうして……」

「ぼくらの機器はハウリ人の通信方法に合ってないだろ」グッキーがブルの言葉をさえぎる。「おいでよ。見ればわかるから」

　かれはブルを部屋の奥へ引っぱっていった。そこには、カバーをとり去られたユニットがあった。色とりどりに輝くフィールド導体のラインが何本もはっきりと見える。ユニットの前に、コマンド部隊が持ちこんだ機器が無造作に置かれている。ブルがそれまで見たことのなかったちいさな箱形の機械がふたつ、ならべて組み立てられている。

「このユニットが」と、イルトが説明をはじめる。「ハウリ人の通信の広域チャンネル全体をコントロールしてるんだ。個々のフィールド導体は、サブチャンネルと呼んでもいいかもね。ハウリ人がメッセージを送ると、テキストはひとつのサブチャンネルじゃなくって、複数のサブチャンネルをつうじて送られるんだ。テキストは分割され、場合に応じて、三つとか四つとか、十とか二十とかのサブチャンネルをつうじて伝送されるんだよ。銀河系にも、〝パケット・スイッチング〟っていう類似の通信技術があるだろ。想像してごらんよ。ぼくらの機器を使って、十ないし二十のサブチャンネルを同時に盗聴できたとしよう。メッセージのテキストはそれでぜんぶ傍受できるかもしんない。だけんど、テキストの各部をどう組み合わせたらいいか、わかんないんだぜ。ばらばらのビットを一年かけてつなぎ合わせても、最初の単語さえ解読できないにちがいないよ。

　さて、そこに登場してくるのが、このハウリ人のメンテナンス機器ってやつさ。ハウリ人の機械なんだから、当然、テキスト分割や送信周波数決定のアルゴリズムを知ってるよね。こうした機器ですべてのサブチャンネルを同時に処理すれば、メッセージが送られた直後にテキストを正しい順番にならべることができるってわけ。つまり、解読が可能なんだ」

　レジナルド・ブルは黙ってうなずく。言葉にできないほど感心していたのだ。

「どう使うのか、やってみせてあげるよ」と、グッキーがいう。

　グッキーは、ふたつのちいさな機械の一方についている、センサーパネルのいくつかに触れた。すると、もう一方の機械から、色とりどりの光線の太い束があらわれた。この光線はどうやら、コントロール・ユニット内部のフィールド導体と同じ性質のエネルギーを持っているようだった。光線の束はぐるぐると回転して扇状にひろがり、光線の一本一本がそれぞれひとつのフィールド導体と接触する。

「さあ、チャンネルの盗聴に成功したぞ」と、イルトが説明する。「あとは……」

かれの言葉はそこでとぎれた。突然、低い力強い声が部屋に響きわたったからだ。ハウリ語だった。

「こちらヴェロム・サヴ・アアルド」と、声はいった。「諸君に告ぐ。時間終止作戦のアシュカル・フェーズがたったいま開始された。支配者ヘプタメルに栄光あれ！」

＊

盆地の光景が不気味に変化しはじめていた。小屋にこもっているコマンド部隊のメンバーは、周囲がしずかだと思われたときに、窓の二重偏光を解除して外をのぞいてみた。窓は南に向いている。アシュカルの昼間特有の薄明かりのなか、盆地の中央上空にオーラが輝いているのが見えた。自由に動けるグッキーが山頂からその現象を観察し、詳細を報告した。

六重の環状建物群はどぎつい光につつまれていた。環状建物群は内側から輝き、そこから発した光の洪水が光輪をかたちづくって盆地中央をドームのようにおおっていた。だが、六つの漏斗も炎をあげはじめた。そこから、赤く輝く光の奔流が立ちのぼり、雲にまで達した。漏斗の放射は最初は弱々しかったが、しだいに強さを増し、ついには小屋からも見えるほどになった。

ハイパートロップ吸引装置は未稼働のままだった。完全に組み立てられてはいたが、ハウリには、それをスケジュールどおりに稼働させることはできなかったのだ。

環状建物群から放射システムの貯蔵タンクに流入するエネルギー量は、はかりしれないほど膨大だった。貯蔵タンクは地下に設置されている。赤い光の奔流は、過剰エネルギーをあらわしている。タンクにはどうしても漏出個所があるから、エネルギーが充塡されるあいだに、貯蔵エネルギーの一部がそこから失われる。損失量は最小限ではあるが、大気中にイオン化現象を起こすには充分な量だ。

レジナルド・ブルはしだいに不安になった。十一月三十日はすでにはじまっている。これまでのところ、ハウリ人のプロジェクトはアクシデントもなく進行している。エネルギータンクは計画どおり充塡が進んでいる。決定的瞬間が到来したら、膨大なエネルギー全体が吸引フィールド構築のために使えるようになる。ブルの心を重くしていたのは、ことここにいたっては自分にはなにもすることがないことだった。《シマロン》を呼びよせ、中央オペレーション・ステーションを爆破するときがくるまで、じっと小屋にこもっているしかないのだ。窓から外を見る機会さえめったにない。ここ数時間はようやく、窓を透明にすることができる程度に事態がおちついてきたが、それにもある程度のリスクがともなうため、二分以上は窓ガラスの偏光を解除するわけにはいかない。

午前六時ごろ、地面のかすかな揺れがはじめて感じられた。エネルギータンクがいっぱいになったのだ。閉じこめられたエネルギーが地面を震わせている。揺れは数時間のうちにしだいに強くなった。メンバーの表情を見てブルは、かれらも自分と同じように不安を感じているのだと思った。

「ここは、火薬樽のうえだと、いったわよね」沈黙に耐えきれなくなったニッキ・フリッケルがいう。「あと二、三分で、お尻の下で爆発が起きるような感じがするんだけど」

レジナルド・ブルは、特殊ハイパー通信機のほうをちらっと見た。《シマロン》を呼びだしたい衝動にかられた。だが、そんなことはできない。最後の瞬間まで待つべきだ。ハウリ人は宇宙船があらわれたことに気づき、すぐに戦闘艦を出動させるだろう。《シマロン》があらわれるのは、爆発が起きたあとでなければならないし、ハウリ人がそのほかのことにかまっているひまがなくなってからでなければならない。時間調整には秒単位の正確さが必要だ。

九時十八分、グッキーが実体化した。それまで十時間、ずっと通信コントロールセンターにいたのだ。疲れきった、深刻な顔つきだ。

「最終段階がはじまったよ」と、グッキーはいった。「最初のシグナルがたったいま受信されたんだ。もうすぐ、タルカン宇宙からの最初の恒星質量がハンガイ宙域で物質化するぞ」

「通信でなにかわかったのか？」と、ブル。

「いんや」イルトが答える。「通信内容はささいなことばかりだよ。時間終止作戦は段取りどおりに進んでいるみたいだね」

ブルは時計を見た。吸引フィールドの構築と安定化に必要な時間を、かれは三十分ないし四十分と見積もっていた。《シマロン》が打ち合わせどおりアシュカルから二光時はなれたポイントに到達するには十二分かかるだろう。そのポイントで、コマンド部隊は転送機で《シマロン》に乗りこむ予定になっている。

「あと十分だ」と、ブルがいう。「あと十分でシグナルを発信する」

そのとき、ピココンピュータが音声を発した。

「宇宙船発見」と、高い声が告げる。「惑星に宇宙船一隻が接近中。ハウリ人の宇宙船です」

ブルはセラン防護服のヘルメットを閉じ、探知機の映像を表示させる。船影がふたつ見える。スクリーンの中心付近に見えるひとつは、いまもアシュカルの四百四十キロメートル上空を周回している《ヴェンロ》の船影だ。もうひとつはスクリーンの端だが、かなりの速度で中心に向かって突き進んでくる。

「急いでるな」ヘルメットを開けて、ブルがつぶやく。

「ちょっと調べてくる」と、いうが早いか、グッキーの姿は消えていた。

六分が経過した。ブルはそのあいだに特殊ハイパー通信機を起動していた。決定的なメッセージを送信するためのテンプレートはすでに挿入されている。足を踏ん張らなければならないほど、床の振動がはげしくなっている。

グッキーが叫び声とともに実体化した。

「いますぐシグナルを送信するんだ！　あのハウリ船は急使だった。タルカンにある物質シーソーの双子ステーションはもう存在しないんだって。破壊されてしまったんだよ」

レジナルド・ブルは即座に反応した。ちいさな特殊ハイパー通信機にプラスティックシートが吸いこまれる。メッセージが送信されたことをあらわすコントロールランプが点灯する。ブルの心から不安が消えた。ブルは、たったいま聞いた内容を冷静に処理し、こう判断した。二番めのシグナルが受信されることはないだろう。物質シーソーのエネルギータンクにためこまれた膨大なエネルギーを、建設的な方法で解放する道は断たれてしまった。それでも、エネルギーはタンクに供給されつづける。このプロセスはもはやとめることができない。大惨事は避けられない！

グッキーの言葉がブルの脳裏を一瞬かすめた。タルカン側の物質シーソーが破壊されたと、グッキーはいった。だれが破壊したんだ？　ペリー・ローダンが関係しているのか？　それともアトランか？

「窓の偏光を解除してくれ」かれはいった。

光の洪水に襲われ、かれは思わず飛びすさった。盆地全体が目もくらむほどの光にあふれている。山々はもう見えない。環状建物群と漏斗状の放射システムがあった場所から、金色の噴水が高くあがっている。床のはげしい揺れとともに、ごうっというにぶい轟《とどろ》きが聞こえるようになり、その音はどんどん大きくなっていく。空の雲が燃えるように輝いている。輝く雲のまんなかに黒い穴が開き、漏斗から放出されるエネルギーがそこから宇宙へと抜けていった。

「あそこを見て！」ニッキ・フリッケルが右を指さして叫ぶ。

八角形の塔の開け放たれた門から、ハウリ人の群れが大あわてで逃げだしてくる。事故の知らせを聞いたのだ。かれらは死を恐れてはいないが、自分たちのプロジェクトが失敗するだろうと思うとパニックにおちいったのだ。

そのすさまじい光景に、ブルたちは茫然と見入っていた。ちゃんと立っていることもできなくなった。まるで嵐の海に浮かんだ薄い土の層のように、地面は揺れていた。ナークトルはもっとよく見ようとして身を乗り出し、窓ガラスに手をついたが、大声をあげて手を引っこめた。

「ちくしょう、熱い！」と、毒づく。

外は地獄のような光景だった。物質シーソーのエネルギータンクは、無目的にエネルギーを放出している。耐えがたいまぶしさだった。熱もさらに高くなった。突風が盆地を吹きぬけ、かれらのいる小屋の角にぶつかってうなり声をあげる。レジナルド・ブルは振り返ると、転送機の表示を心配そうに見た。《シマロン》が受け入れステーションをオンにすると同時に、転送機は自動的に作動しはじめる。表示はまだ点灯していない。《シマロン》はとり決めたポイントにまだ到達していないはずだ。メッセージを送信してからまだ九分しか経過していないのだから。

小屋のコンクリート床が盛りあがった。レジナルド・ブルが抱きとめなかったら、ニッキ・フリッケルはバランスを失って転倒していただろう。

コンクリートにひびが入った。亀裂から、グレイの熱い蒸気が噴出する。

「セラン、完全出動態勢！」ブルが叫ぶ。

耐えがたい騒音だった。轟音とともに、地面が揺れつづける。塔は大丈夫だろうかと、ブルは心配になった。塔はこの揺れに耐えられるだろうか、それとも、転送機が反応する前に瓦解《がかい》して、小屋を下敷きにしてしまうのだろうか？

戸外にハウリ人の姿は見られなくなった。塔から撤退したのだ。かれらは宇宙船で逃げようとするだろう。盆地に停泊している運搬船五隻と《トンボ》型戦闘艦二隻で。そのほかにも、どこかに宇宙船があるのかもしれない。

小屋のなかが耐えがたいほど明るくなった。セラン防護服のヘルメットが強烈な照射に反応し、フィルターをかける。外気温は摂氏六十度以上。セラン防護服の空調システムがフル稼働する。

「転送機の表示が点灯しました」ピココンピュータが告げる。

ブルが振り返ると、転送機のコントロールランプが点滅をはじめていた。転送の準備が完了したのだ。《シマロン》が待機している！

「グッキー、きみからだ」ブルが命令する。

イルトが無言でしたがう。金属製の低い橋をくぐり、炎をあげる放射フィールドに入った次の瞬間、かれの姿は消えた。ニッキ・フリッケル、ウィド・ヘルフリッチ、ナークトルがあとにつづく。しんがりはブルだ。窓から、最後の一瞥《いちべつ》を投げる。外は一面、白熱する炎の壁だ。視界は数メートルしかない。もはや塔の輪郭さえ見えない。小屋の床にはしる亀裂から、黄色っぽく輝く蒸気が噴きあがっている。レジナルド・ブルは身をかがめて金属橋の下をくぐった。非実体化の苦痛は、かれには恵みのように感じられた。

8

受け入れステーションは《シマロン》の司令室にある。大きなヴィデオ・スクリーンの映像は、ハイパー探知機のデータからつくりだされたものだ。二光時はなれたポイントの現在の光景がうつしだされている。

レジナルド・ブルは、受け入れステーションの輝くフィールドから歩みでた。近くに立っている人々にはかまわず、ヴィデオ・スクリーンに視線を向ける。惑星アシュカルの最期を見て、衝撃を受ける。

恒星があらたに生み出されようとしていた。惑星は火の玉と化していた。火の玉の表面はたえず動きつづけ、プロミネンスが噴水のように宇宙へと噴きあがっている。火の玉の内部で働く力によって、巨大な物質の塊りが砲弾のように投げとばされていく。

ブルは身震いした。世界の終わりのような光景がくりひろげられているあの場所に、自分がついさっきまでいたとは、とても考えられない。《シマロン》の到着が計画よりも一分でも遅かったらどうなっていたことか。答えは火を見るより明らかだ。

アシュカルの断末魔の苦しみは十五分間つづき、その後、火の玉は色あせて消滅し、あとには巨大な雲がのこった。雲は拡散し、それとともに明るさを失っていった。惑星アシュカルはもはや存在していなかった。

レジナルド・ブルはあたりを見まわした。悪夢は終わったのだ。《シマロン》のひろい司令室は、その機能本位のつくりにもかかわらず、かれにはわが家のように温かいものに思われた。司令室は、長径十五メートル、短径十メートルの楕円形をしている。壁に沿って、管制スペシャリストの作業ステーションがならんでいる。自由テラナー連盟艦隊のたいていの船と同じように、司令室中央の一段高い場所が指揮所だ。

スペシャリストたちは、自分の背後で起きていることに気をとられることもなく、任務に没頭している。ニッキ・フリッケル、ウィド・ヘルフリッチ、ナークトルの三名はメインハッチの近くに置かれたソファでくつろいでいる。グッキーの姿はどこにもない。転送機の受け入れ装置は、たったいま貨物ロボットによって運びだされたところだ。司令コンソールの台座のわきに男女が一名ずつ立っている。ブルと目が合うと、かれらはにっこりとほほえんだ。

男は平凡なタイプのようだったが、女のほうはひとめでブルを魅了した。身長は百八十センチメートルほど、肌の色は東洋的だ。年齢は四十歳をすこし超えたくらいだろうか。均整のとれた美しい顔だ。その大きな黒い目に見つめられて、それを忘れられる男はまずいないだろう。そのほかの点では、このまだ名も知らぬ女は、外見にほとんど気をつかっていないように見えた。すくなくとも三十ポンドは体重がオーヴァしている。動くたびに、腰まわりの脂肪と大きすぎる胸がゆさゆさと揺れる。薄絹のような素材でできた、きわめてシンプルなデザインのワンピースを身につけているが、まるで、床までとどく袋を太ったからだにまとったような格好だ。大きな足には、ピンク色のスリッパ。スリッパもワンピースも、いますぐ洗濯したほうがいいと思えるほど汚れている。

手入れの行きとどいた、テラ艦隊の薄グリーンの制服を着用した男はブルに歩みよると、手をさし出した。

「艦上へようこそ、レジナルド・ブル」と、好意をありありとしめしながらいう。「《シマロン》は〝あなたの〟船です。どうぞおくつろぎください。わたしはイアン・ロングウィンと申します。首席操縦士です」

ブルは力強く握手し、歓迎に感謝した。太った女も、よたよたと近づいてきた。

「わたしからも、歓迎のご挨拶を」と、アルトの美声でいう。「副操縦士です。名前はラランド・ミシュコムですが、みんなからララと呼ばれています」

ブルは彼女とも握手する。そのさいにおそらく、やや詮索するような目で彼女を見てしまったのだろう。実際かれは、こんな不潔な人間がどうして宇宙船の副操縦士になれたのだろうと思った。いずれにせよ、ララはこういった。

「そんな目で見られることには慣れています。これまで多くの人が、外見で他人を見くびってきました。わたしのひいひいおじいさんのリクスオーは、カラハリ砂漠の端のブッシュで暮らしていました。賢い人で、よくこういっていました。太陽の輝きを星々のまたたきと区別できる人はさいわいなるかな。なぜなら、その人は神々から明晰さをあたえられているのだから、と」

そういうと、彼女は向きを変えて去っていった。よぶんな脂肪がたぷたぷ揺れていなければ、荘重なといってもいい足どりだった。

ブルはイアン・ロングウィンのほうを向いてにやりとした。

「あれはどういう意味なんだ？」と、たずねる。

操縦士は笑い声をあげた。

「ララのことは四年以上前から知っています」と、かれは答えた。「彼女の話にはいつも、ひいひいおじいさんから聞いたという格言が出てくるんです。その格言が理解できたためしは、いままで一度もありませんが」笑いをおさえると、声を低めていう。「でも、ララは、わたしがいままでいっしょに仕事をしたなかで断トツの副操縦士です」

＊

ガルブレイス・デイトンがすでに説明したように、《シマロン》はまったく新しいタイプの船だ。全長二百メートル、先端が欠けたくさび形をしている。胴体の断面はたいらな六角形で、その幅は尾部が百二十メートル、船首が六十メートル。表面にさまざまな装備が搭載されている。宇宙船表面からドーム状に出っ張っているのは、搭載艇とスペース＝ジェットの格納庫だ。ボウル状の複数のくぼみには、ハイパー送信機の放射装置が格納されている。外部観察ドームと砲座も、宇宙船の外観を個性的にするのにひと役買っている。

《シマロン》は、テラの最新宇宙船テクノロジーの粋を集めてつくられている。搭載メタグラヴ・エンジンは、光速の六千五百万倍という最高速度を達成している。惑星や宇宙ステーション付近で作戦行動をとるさいにはフィールド・エンジンを使用する。操縦は、バイオ成分を搭載した八つのシントロニクスの結合体によっておこなわれる。攻撃用兵器も防御用兵器も第一級だ。

《シマロン》には、最新鋭の、現在はまだ開発中で実験段階にある探知回避機能……テラの専門家のあいだで、〝仮想イメージ生成装置〟と呼ばれている……が搭載されている。このヴァーチャル・ビルダーは、宇宙船から出る散乱インパルスを集め、最大三光秒はなれたべつのポイントにそれを投射することができる。そこに、《シマロン》のヴァーチャル映像があらわれるのだ。敵の探知機には、《シマロン》自身ではなく、そのヴァーチャル映像だけがとらえられる。三光秒はけっして遠い距離ではないが、敵の砲火が目標から三光秒それるなら、それだけで大きなメリットになる。

《シマロン》乗員の定員は千二百五十名、そのうちの八十パーセントがテラナーで、のこりがテラ外種族だ。第三オフィサーとも呼ばれる首席技師は、銀河イーストサイドのシンバン宙域にあるカドラングといういかがわしい惑星出身のブルー族だ。イアン・ロングウィンがブルに断言したところによれば、乗員は全員、異銀河ハンガイへ複数回フライトした経験があるため、ストレンジネス免疫を持っていると見なされているとのこと。

もともとの計画では、《シマロン》は、《ソロン》と《マイ＝キ》の待機する、以前の駐屯地にもどる予定だった。だが、アクシデントがあいついで起きた。レジナルド・ブルにはさしあたって、なぜ《シマロン》といっしょに《ソロン》と《マイ＝キ》もやってきたのかたずねるひまもなかった。近距離探知機が、ハウリ宇宙船八隻がそれぞれ異なる速度でヴェエノア星系から遠ざかっていると報告する。六十三隻のうち八隻しかのこらなかったのだ。それは、ヘクサメロンの高慢のためにハウリ人がはらうことになった大きな犠牲だった。

レジナルド・ブルは躊躇せず、ハウリ船の追跡を開始せよと命令した。《ソロン》と《マイ＝キ》も同行せよ。ハウリ船団の逃走コースがはっきりしだい、適切な集合ポイントをとり決めることとする。

九十万光年たらずはなれた宙域で、異銀河ハンガイの第三クオーターの恒星質量が物質化した。遠距離探知機の映像は、異銀河の物質が忽然《こつぜん》と湧き出てきたことをしめしていた。それは、見る者の胸を震わせ、理解しがたい現象を直観的に把握しようとする者の理性を絶望させる光景だった。

《シマロン》船内の人間はその現象にほとんど注意をはらわなかったが、それはスノビズムとはなんの関係もなかった。《シマロン》は重大な任務を帯びていたから、責任者たちは、最高の集中力と決断力を要求されていたのだ。逃亡したハウリ人の宇宙船八隻は、ハンガイ銀河へ針路をとっている。ヘクサメロンの基地がハンガイ銀河のどこにあるかはまだわかっていない。ハウリ船団を追跡すれば、基地の位置についての情報がようやく得られるかもしれないのだ。

*

ほんの数時間でわかったことだが、ハウリ人の宇宙船は足並みがそろっていなかった。ハウリ船に搭載されているメタグラヴに似たエンジンは、光速の五千万ないし六千万倍の最高速度が出せることがわかっている。だが、エンジンの性能をフル活用しているのは、八隻のハウリ船のうち二隻だけだ。のこりの六隻は、程度の差はあってもそれよりずっと遅い。それはアシュカルから脱出するさいに損傷をこうむったためだと思われた。

レジナルド・ブルにとって、それは絶好のチャンスだった。《マイ＝キ》はカルタン人にとっては最新の船だったが、そのリニア・エンジンの性能は《ソロン》や、まして《シマロン》には遠くおよばなかった。そもそもこの作戦で《マイ＝キ》の使い道があるのかどうか、ブルにはまだわからなかった。イアン・ロングウィンはかれに、艦隊の調整を所管する部署から《マイ＝キ》の同行を受け入れるよう指示を受けたと説明した。《ソロン》が同行しているのはたんに、《マイ＝キ》をカルタンからマルティ‐５の集合ポイントまで送りとどけるためだった。《マイ＝キ》には、全知者一派唯一の生きのこりであるダオ・リン＝ヘイが搭乗している。ダオ・リン＝ヘイが驚くべき知らせをもたらしたとの噂が流れているが、くわしいことはだれも知らない。

　ハウリ船がハイパー空間から浮上するたび、《シマロン》の探知機が作動した。探知結果から、もっとも遅いハウリ船二隻の速度は《マイ＝キ》よりもさらにずっと遅いことがわかった。二隻は深刻な損傷を負っているにちがいない。レジナルド・ブルは、この二隻以外のハウリ船の追跡をしぶしぶながら断念した。あの遅い二隻で満足するとしよう。あの二隻になら、ダオ・リン＝ヘイの乗る《マイ＝キ》も追いつけるだろう。

　Ｍ‐３３とハンガイ銀河周縁との中間ポイントに集合することがとり決められた。ハウリ船の針路は、四四七年四月二日に物質化したハンガイの第二クオーターを指ししめしている。そのどこかに、ヘクサメロンの門徒たちの基地があるにちがいない。ぜったい見つけだしてやるぞ、レジナルド・ブルはそう思った。

司令室のすぐ近くに、ブル専用のキャビンが設けられていた。ブルの趣味には贅沢すぎるといってもいいほどのつくりの部屋だ。かれはそこでくつろぎ、アシュカルの疲れを癒やした。することはなにもない。アシュカルでの出来ごとはハイパー通信リレーをつうじて報告ずみだ。いまごろはもう、ギャラクティカム本部は、ハウリ人の物質シーソーが破壊された経緯を承知しているだろう。《マイ＝キ》の速度が遅いおかげで、ハンガイ到着までには十一日ないし十二日かかるだろう。ゆっくりくつろぐ時間は充分ある。

かれは上機嫌でキャビンのキッチンへ行き、ドリンク・マシンでカクテルをつくろうとした。かれのお気にいりのカクテルは、バーボンと赤いベルモットを二対一でミックスしたマンハッタンだ。複雑なレシピではないはずだが、どんなにがんばっても、マシンからはまともに飲めるものが出てこない。いらいらしたブルはとうとう、船載コンピュータにアクセスし、ドリンク・マシンを早急に修理してほしいと伝えた。

ものの五分もたたないうちに、入口のベルが鳴った。レジナルド・ブルがドアを開けると、ひどく痩せた男がひとり立っていた。いまにも倒れそうな、弱々しいその姿は、本能的に支えてやりたくなるほどだった。

痩せた男は愛想よくほほえみながら、とっくに時代遅れになった敬礼のような動作を見せ、だみ声でいった。

「ロボット整備スペシャリスト、ベネカー・ヴリングです。ご用件をうかがいます」

「いったいどうしたんだ」ブルは驚いてたずねる。「ドリンク・マシンが故障したら、人間が修理にやってきたぞ。千二百年前ならともかく、いまどきこんなことがあるのか！」

ぎこちなくおじぎをすると、ベネカー・ヴリングはいった。

「ふつうならロボットを派遣するところですが。あなたは実質上この船のオーナーですから、最高のサービスを提供させていただきたいと存じまして。そこで、おぼえておいていただきたいのですが、最高のサービスとはベネカー・ヴリングのことなのです」

レジナルド・ブルは男をなかに入れた。ベネカー・ヴリングは身長は百九十センチメートルほど、すでにいったように驚くほど痩せている。からだの横幅以外は、すべてが大きい。鼻の大きさはトウモロコシほどもある。耳は、扇子《せんす》として使えるほどの大きさだ。口も恐ろしく大きいが、唇は薄い。手はシャベルのようだし、靴はおそらく特注だろう。こんな大きさの靴は売っていない。ぱさぱさしたブロンドの髪は短く刈りこまれているが、束になって逆立っている。時代遅れの、ひどく汚れたオーヴァオールを身につけている。

ベネカー・ヴリングはドリンク・マシンを修理するあいだ、ひとこともしゃべらなかった。腕はたしかなようだった。数分とたたないうちに、かれは、すばらしい味わいのマラスキーノ・チェリー入りマンハッタンをさし出した。ヴリングは、もともとしみだらけのオーヴァオールで手をぬぐうとあらためておじぎをした。

「マシンのことでまたなにか問題がありましたら、わたしに直接おっしゃってください」と、かれはいった。「わたしがご用をうかがいます。それをお忘れなきよう」

かれがそこを妙に強調していったので、レジナルド・ブルはしばらく考えこんでいた。あの男はなんだか奇妙だ。ぎこちない外見の奥に、思いがけない正体がかくされているような気がする。

*

四四七年十二月八日、《シマロン》は、《ソロン》および《マイ＝キ》ととり決めてあった集合ポイントに到着した。高速のハウリ船六隻は、とうの昔に探知圏外だった。おそらくすでに目標に到達しているものと思われた。一方、低速の二隻は何千光年も遅れをとり、《ソロン》と《マイ＝キ》に追い抜かれていた。

《ソロン》がハイパー空間から、《マイ＝キ》がリニア空間から浮上する瞬間が近づいたとき、レジナルド・ブルは司令室に向かった。巨大なヴィデオ・スクリーンに、銀河間虚無宇宙の漆黒の闇がうつしだされている。数十万年後には、ここから、ハンガイ銀河のまばゆい光の海が見えるようになるだろう。だが、現在のところは、ハンガイの星々から発した光はまだ数十億キロメートルしか進んでいない。

先に連絡してきたのは《ソロン》だった。ニッキ・フリッケル、ウィド・ヘルフリッチ、ナークトルの三名は、自分たちの船にもどりたいとの希望を数日前から表明し、ブルもそれには反対しなかった。三名の荷物を積んだ搭載艇が待機している。《ソロン》が《シマロン》から数千キロメートルの距離にまで接近してきた。出発するニッキ、ウィド、ナークトルを、ブルは搭載艇格納庫まで見送った。

「アシュカルであなたの腕に抱きとめられたとき」と、彼女は別れの握手をしながらレジナルド・ブルにいう。「興味深いことに、軽い電気ショックのようなものがからだにはしったの。もう一度やってみなければね」

「きみが地震を起こしてくれたら、きみを抱きとめよう」ブルは笑いながらいった。「次は、ショックがもうすこし強くなるようにしよう」

ウィド・ヘルフリッチも手をさし出す。

「星々は勇者のものだ」と、かれは厳粛にいう。

「あるいは、ほかのどんなものでも」と、ブルは笑った。「きみは運がいい。われわれの三隻はまだしばらくはいっしょに航行するんだからな。きみにもまだ、リクスオーの格言を学べる機会があるかもしれない」

ナークトルは握手を見送った。

「またテラにもどったら」と、苦々しげな表情でいう。「あなたの影響力を駆使してPIG要員の給料をあげてくださいよ。親族が、わたしからの仕送りがたりないと文句をいっているんです」

「自分で働けといってやれ」レジナルド・ブルはわざとらしく怒ってみせた。「だいたい、金に困っているスプリンガーの親族の話なんて聞いたこともないが？」

搭載艇が出発するのを見送り、ブルは司令室にもどった。その数分後、《マイ＝キ》が近距離で実体化した。司令コンソールに向かって着席しているブルの前に、映像フィールドがあらわれた。すぐに、ダオ・リン＝ヘイの姿だとわかる。

「賢者のなかの賢者よ、ようこそ」と、かれはいった。「カルタン人の船がどうしてハウリ船の追跡にくわわるのかと、何日も前から考えていたのだがどうもわからない。きっとあなたなら説明してくれるだろう」

「レジナルド・ブル、わたしもあなたに挨拶はするが」と、カルタン人は生まじめな顔でいう。「説明するのはわたしではなく、この作戦を計画した者だ」

ふいに映像が切りかわった。痩せたカルタン人男性の姿が画面上にあらわれる。賢そうな、善良な目がテラナーを見つめている。高齢のようだが、肉体的にも精神的にも若々しいオーラにつつまれている。

レジナルド・ブルはそのカルタン人の老賢人に会ったことはなかった。だが、映像を何度となく見たことがあったのですぐにわかった。

「オーグ・アト・タルカン！」かれは驚きの声を発した。「あなたがここにいるということはつまり、これは本当に重要なことなのですね」

＊

「テラの友よ、わたしにもわからないのだ」おだやかな声で老カルタン人はいった。「きみについていけという声を受けとったのだ」

レジナルド・ブルが言葉につまることはめったになかった。だが、かれは老カルタン人に畏敬の念をおぼえた。周囲の人間に対するのと同じように話すわけにはいかないと、かれは直観的に理解した。

「それはだれの声だったのでしょう？」ためらいがちにたずねる。

「それもわからない」オーグ・アト・タルカンが答える。「その声をわたしは意識のなかで聞いた。耳で聞いたのではない。ある集合場所にきみが連れていってくれるという話だった。なんのことかわかるか？」

「いいえ」と、ブル。「わたしはハウリ人の群れを追っているところです。かれらの目的地がどこかは知りませんが、ヘクサメロンの基地だろうと推測しています。そこがその集合場所かもしれないと思いますか？」

オーグ・アト・タルカンのまなざしは、はるか彼方に向けられているようだった。老カルタン人は骨ばった手をあげて否定のしぐさをした。

「おそらく違う」と、かれはいった。「集合場所とはよい場所のことだ。それが滅亡の予言者と関係があるはずがない」

「それでは、どこにあなたを連れていったらいいかわかりません」と、ブル。

「気にすることはない、友よ」と、オーグ・アト・タルカンがいう。「われわれの行動をそれと感じさせずに導いてくれる、われわれをはるかに超える力が存在する。きみがわたしを集合場所に導いてくれると、わたしは信じている」

それで、そういうことに決まった。《ソロン》と《マイ＝キ》は、今後も《シマロン》についていくことになった。ブルがオーグ・アト・タルカンとの会話を終えてから一時間たらずのち、《シマロン》の近距離探知機に反応があった。銀河間虚無宇宙のなかでは、恒星が密集している銀河のなかよりも探知機の有効範囲がひろいのだ。低速のハウリ船二隻は一万二千三百光年はなれたポイントで短時間浮上したのち、数分後にはふたたびハイパー空間に消えた。針路は相いかわらず、ほかの六隻のハウリ船がとっていたのと同じ方向をしめしていた。

《シマロン》、《ソロン》、《マイ＝キ》の三隻は今後の航行の詳細について話し合い、相談結果にしたがって船載コンピュータにデータを入力したのち、航行を再開した。

＊

かれらは待っていた。

三隻の船は相対的に停止していた。数時間前、三隻は異銀河ハンガイのストレンジネスの壁を突破していたが、その影響は軽微だった。レジナルド・ブルはオーグ・アト・タルカンの体調を心配し、大丈夫ですかとたずねた。老カルタン人は、ブルの問いにみずから答えるほど元気だった。

過去数日間、ハイパー空間からの浮上と潜航をくりかえす低速のハウリ船二隻との距離を何度か測定した結果、ハウリ船が従来のコースを維持していることが確認された。自分たちが追跡されていることをハウリ人が知っているかどうかはわからなかった。というのも、追跡者のほうが追跡される側よりもつねに先行していたからだ。追跡者はそのつど、先まわりしてハウリ船が自分に追いついてくるのを待った。ハウリ人が状況を見破っていることをうかがわせるものはなにもなかった。かれらは破損した船でできるだけ早く目的地にたどり着こうとしているように見えた。

「探知しました」司令室のシントロニクスが報告する。「《シマロン》航跡上に二物体を探知。距離、五光時」

「ちくしょう、近いな！」ブルがうなる。

ブルとならんで、ラランド・ミシュコムが司令コンソールのわきにすわっている。数分前、かれは、この太った女がその不潔な外見に似合わぬいい匂いを発散していることに気づいて驚いたのだが、そんなことはすぐに忘れてしまっていた。ハウリ船二隻が偶然にも、リニア空間から《シマロン》、《ソロン》、《マイ＝キ》の至近距離にあらわれたのだ。ハウリ船の探知機は、待ちぶせしている三隻をまちがいなくとらえることだろう。

「敵艦が減速しています」と、シントロニクスが報告する。

ブルは驚いてコンソールから目をあげた。減速しているなら、すぐにまたリニア空間に入るつもりはないということだ。どうするつもりなのだろう。かれはスクリーンをちらっと確認した。《シマロン》はハンガイ銀河の主平面の最先端からまだ六千光年はなれていたが、ストレンジネスの壁をこえたいま、ハンガイ銀河の姿をはっきりと視覚的にとらえることができた。ハンガイ銀河は、自身の時空をタルカン宇宙から連れてきたのだ。《シマロン》の撮影機器がとらえている光は、死にゆく宇宙からハンガイ銀河が連れてきた時空のなかで、何千年も旅をつづけてきた光だった。

ハウリ船二隻の船影はべつのスクリーンにうつしだされている。ハウリ船は二隻とも、針路をすこし変更している。ブルは最初、ハウリ人が船体の損傷にもかかわらずわれわれを攻撃しようなどという狂気じみた考えを起こしたのかもしれないと心配したが、それは杞憂だった。ハウリ船のあらたな針路は、《シマロン》の位置からはかなりはずれている。

「追跡再開！」ブルは決定をくだした。「速度を落とし、これまでの距離をたもって航行する」

シントロニクスは命令を理解し、それを《ソロン》と《マイ＝キ》にも伝える。三隻は動きだした。ハウリ人にはとっくに気づかれているにちがいないが、三隻は迷わず低速でかれらを追跡しつづける。

「対象物がひとつ消えました」と、シントロニクスの報告が入る。

レジナルド・ブルが驚いて探知機の画面を見ると、そこにうつっている船影はひとつしかない。そして、見ているうちにそれも消えてしまった。

「追え！」命令が大声になる。「フル加速」

ハウリ船二隻が消えたポイントにはなにもなかった。完全に、なにもなかった。負の加速度で動いていたこと以外には、二隻がリニア空間に潜航したことをしめすシグナル・インパルスはなにもなかった。

ハウリ船が虚無のなかに溶けていったように見える先になにがあるのか、ブルは直観的にわかったような気がした。ほんの数日前、ハンガイ銀河の第三クオーターが通常宇宙内で物質化した。それほど膨大な数の恒星が物質化した場合、時空の不安定性によって、原因と結果の法則が逆転してしまう構造歪曲が引き起こされるはずだ。

　それでも、その移行は完全に想定外だった。ハンガイ銀河の太い光の帯が一瞬にして消滅したのだ。大画面には漆黒の闇がひろがっている。画面の中央付近に、たったひとつ、明るい光点があるのみだ。

「探知しました」シントロニクスが抑揚のない声で報告する。「両対象物が再浮上しました」

　ブルは探知機のスクリーンをちらっと見て、二隻のハウリ船の船影を確認した。ほかへうつそうとした視線を、はっとしてスクリーンにもどす。

　まだなにかある。《マイ＝キ》と《ソロン》は、目に見えない境界線を《シマロン》と同時にこえた。これら二隻の船影はすぐ近くにある。探知機の画像には、外部観察モニター上で輝いている光点もうつっている。探知機はこの光点を、中程度の大きさの恒星と特定している。その恒星に惑星が三つあることも、探知機の画像からかんたんにわかる。さらに、第二惑星と第三惑星の軌道の中間にもうひとつ、物体がある。探知機の画像には、それは白っぽい光点としてうつしだされている。大きさは惑星と同じくらいだが、球体ではないようだ。探知機の現在の解像度でわかる範囲では、細長い六角形のように見えるとブルは思った。輪郭がぼやけているところから考えて、堅固な素材でできているわけではないようだ。なんらかの人工物、おそらくはハウリ人の宇宙ステーションなのだろう。

ハウリ船二隻は第三惑星に針路をとっている。レジナルド・ブルははっとわれにかえり、自分の責任を思いだした。

「われわれは時空断層の内側にいる」というかれの声が、三隻に搭載された何百というスピーカーから流れる。「時空断層は安定しているようだ。この説明はわたしの個人的な仮説であることを断っておく。シントロニクスの計測と分析がすめば、さらに正確なことがわかるだろう。はっきりしているのは、われわれが追跡しているハウリ船二隻が意識的にここをめざしていたということだ。かれらはこの宙域に時空断層が存在することを知っていたのだから、ここにヘクサメロンの重要な基地があると考えてまずまちがいない。

ただちに臨戦態勢に入る。ハウリ人はわれわれの存在にまちがいなく気づいている。かれらはいまにも攻撃してくるだろう。三隻はこれまでどおり同期行動をとる。わたしが指揮をとる」

かれは話し終えると探知機の画像を見つめていた。いまにもハウリ人の戦闘機の機影があらわれるだろうと思ったのだが、画面にはなんの変化もない。

ラランド・ミシュコムはシートにゆったりとよりかかっている。

「雨が降るとき、空は灰色」と、夢を見ているように彼女はいった。「おろか者だけが青空に神々の印を見る」

「リクスオーよ、み心のままに」レジナルド・ブルはつぶやいた。

宇宙ステーション《ウリアン》

ペーター・グリーゼ

登場人物

レジナルド・ブル（ブリー）……テラナー
グッキー……………………………ネズミ＝ビーバー
ニッキ・フリッケル………………三角座銀河情報局（ＰＩＧ）チーフ
オーグ・アト・タルカン…………カルタン人。老賢人
イアン・ロングウィン……………《シマロン》の首席操縦士
ラランド・ミシュコム……………同副操縦士
ヴェエ・ユィイ・リィ……………同首席技師。ブルー族
ベネカー・ヴリング………………同ロボット整備スペシャリスト
テル・サム・ケル…………………ハウリ人。《ウリアン》計画長

人間は木に似ている。いつも雨、霰《あられ》、雪、嵐にさらされなければならない。日々、自然の諸力の試練を受けなければならない。そのようにしてはじめて、危機にも持ちこたえられるしっかりした根をおろすことができる。木々や人間をむち打つ自然とは、あらゆるもののことだ。つまり、あらゆる生物、あらゆる天候、あらゆるエネルギー放射のことだ。あらゆるものが自然だ。人間も木も、雨も嵐も、霰も雪も、小石も超新星も。

ソーントン・ヴァンダービルト

1

レジナルド・ブルは、全長二百メートルの楔《くさび》型宇宙船《シマロン》の中央に位置する司令室に立ちつくしていた。その目は、主探知機の二画面に注《そそ》がれている。探知機は、八台のシントロニクス結合体が表示する画像をたえずモニターしている。ハウリ人はいまにもサプライズ星系から攻撃してくるはずだ。

かれの目に、周囲の状況はほとんど入っていない。迫りくる危険に神経を集中しているのだ。時空断層に突入してからまだいくらもたっていない。《シマロン》も《ソロン》もカルタン人の《マイ＝キ》も、まだ気づかれていないようだ。

　ブリーはこの作戦の参加者全員からリーダーとして認められ、テラのパチャカマック造船所で建造されたこの新型宇宙船のプロトタイプ《シマロン》から指令を発している。

　数分前から、三隻の宇宙船間の連絡は必要最低限度におさえられている。不必要にハウリ人の注意を引かないようにするためだ。かれらはハウリ人の宇宙船を追って、時空断層の安定した構造歪曲に入りこんだのだが、ハウリ船はとうの昔にサプライズ星系のなかへと消えていた。

　ブリーは、ニッキ・フリッケルの《ソロン》とオーグ・アト・タルカンの《マイ＝キ》の船影には注意をはらっていなかった。だが、画面上にはそのほかに、大きな影が五つとちいさな影が無数にあった。ちいさな影はまちがいなく、サプライズ星系を飛びまわるハウリ船だ。

　最大の影は恒星サプライズだ。恒星サプライズは、スペクトル型Ｇ５Ｖの黄色い通常恒星だ。恒星は通常タイプだが、この恒星と三隻の宇宙船をとりまく時空はふつうではない。経験豊かなテラナーは、この事実をとっくに受け入れている。

　大きさの異なる三つの惑星の影が画面にうつしだされている。画面上で五番めに大きなエコーは自然の天体ではない。惑星サプライズⅡとサプライズⅢのあいだに、明らかに人工物と思われる奇妙な構造物がある。その未完成の宇宙ステーションに、ブルは〝ヴリアン〟という名をつけていた。それが宇宙ステーションであることは確実だったが、それがどんな目的をもっているのかはまだ謎だった。
《シマロン》の船長で首席操縦士のイアン・ロングウィン、副操縦士のランド・ミシュコム、首席技師のヴェエ・ユィイ・リィは黙々と任務を遂行している。この未知の微小宇宙の状況が非現実的で危険すぎるため、おしゃべりしているひまはなかったのだ。グッキーでさえ、レジナルド・ブルのすぐうしろのシートにうずくまったまま、黙っている。

司令室にもうひとり入ってきたとき、状況がようやく変わった。

「よお、やせっぽち！」ネズミ＝ビーバーが新入りに挨拶する。「くるのが早すぎるよ。きょうは十月十二日、きみの誕生日はずっと先の二月二日じゃないか。このすばらしい《シマロン》の司令センターで、見習いとしてなにをするつもりなんだい？」

新入りはイルトの問いかけには答えず、グッキーがすわっているシートによりかかって足を組み、人差し指でネズミ＝ビーバーの肩をとんとんとたたいた。

ブリーはちらっと振り返っただけで、それが瘦《や》せこけたロボット整備スペシャリストのベネカー・ヴリングだとすぐにわかった。かつて永遠の戦士の掟にそむいたブリーは一瞬、ベネカー・ヴリングについてもうすこしよく知っておいたほうがいいのではないかと考えた。このやたらにひょろ長いテラナーにはすこし不可解なところがある。かれは天才であるかのような態度をとっているが、本当にそうなのだろうか。

ヴリングはなにもかもが大きすぎる。鼻も、口も、横に突きだした耳も、手も、足も、身長も、知識も、能力も。

「計算と測定と観測の結果を報告します」というシントロニクスの音声が聞こえた。「現在、われわれは閉鎖された小連続体のなかにいます。これは微小宇宙だといえます。あるいは、構造歪曲の人工的な安定化によってつくられた時空断層と呼ぶこともできるでしょう。《バジス》のスペシャリストたちの言葉を思いだします。ハウリ人がこれをどうやって実現できたのかはまだわかりません。ハイパーエネルギー周縁反射を測定した結果、この小連続体の大きさはつねに三十五光時であるとわかりました。これは、三十五光時の距離を直線飛行すると、かならず出発点にもどってしまうことを意味しています」

「つまり、時空断層から抜けだそうとしてもむだだ、ということだな」と、レジナルド・ブルがいう。「われわれは、しんがりのハウリ船を追ってここまでこっそりやってきた。通常宇宙からここへ入りこんだときの穴……穴といっていいかどうかはよくわからないが……その穴は閉じてしまった」

「そういうことです」と、シントロニクス。「サプライズ星系に関しては完全なデータがあります」

「完全なデータなど存在しない」と、ベネカー・ヴリングがいう。「そんなものがあると思ってるやつは、コンピュータだろうとなんだろうと自分でスイッチをきったほうがいい」

「朝のくだらないおしゃべりは」と、たいていは短くララと呼ばれているラランド・ミシュコムが計器から目もあげずにいう。「苦悩と不安をもたらす。古いアフリカの格言よ」

「またはじまったよ」と、グッキーがため息をつく。ララとロボット整備スペシャリストとの、たいていは無意味ないい争いをこれまでに何度も聞かされていたのだ。ヴリングが名言をならべ立てると、副操縦士は負けじとアフリカの格言を持ち出す。アフリカの格言などと称しているが、おそらくは彼女自身の思いつきなのだ。

三隻の宇宙船はサプライズ星系のほうへとごくゆっくりと漂っていった。ニッキ・フリッケルとオーグ・アト・タルカンはブリーの決断を待っている。ブリーに指揮権があることに疑いの余地はない。

ブリーはまだ反応しなかった。というのも、予想に反してハウリ人がまだ攻撃してこないからだ。外部の状況は未解明のままだった。

「どうしてあいつらはなにもしてこないんだろう」イアン・ロングウィンがほとんど聞きとれないほどの小声でいった。濃いブロンドのオーストラリア出身のテラナーは口数がすくなく、大声を出すのをよしとしなかった。「だんだんいらいらしてきた。それとも、やつら、われわれに気づいておじけづいたんだろうか」

「かれらはまだわれわれにまったく気づいていない」ブリーが答える。「信じられないような事態だが、これにはしごく単純な説明が可能だ。ハウリ人は、この時空断層のなかは完全に安全だと信じているんだ。時空断層は理想的なかくれ場でもある。かれらは時空断層のために考えられないほどの代償をはらったんだ。時空断層は宇宙ステーション《ウリアン》のかくし場所だ。このことからも、この宇宙ステーションの重要性がわかる」

「つまり」と、グッキーが甲高《かんだか》い声でいう。「あいつら、この空間をまったく監視してないってことかい？」

「ご明察」ベネカー・ヴリングがネズミ＝ビーバーの言葉を論評する。

「われわれはなかにいる」と、ブリー。「だが、かれらは時空断層内部をまったく監視していないため、われわれに気づいていない。そうはいっても、われわれは外に出ることもできない。ここから出ようとすることは無意味だし、われわれの存在を知らせるようなものだから危険でもある」

「カエルの目には」と、ララがいう。「よその沼からやってきたハエは見えていない。古いアフリカの格言よ」

「勘弁してよ！」ネズミ＝ビーバーがいう。「このレディのばか話、レベルアップしてくぞ」

「でもハエの目には」と、副操縦士はかまわずいう。「よその沼にいるカエルもつねに見えている。これも、古いアフリカの格言ね」

「カエルだかハエだか知らんが」と、レジナルド・ブルがにやにやしながらいう。「たしかなのは、ハウリ人が時空断層からの脱出口をつくってくれなければ、われわれはここから出られないし、かれらが自発的にそんなことをするはずはないということだ」

「自分の沼でハエをつかまえられないカエルは」と、ベネカー・ヴリングがいう。「沼を替えるか、ハエをとり逃がすだろう」

レジナルド・ブルは振り返り、ロボット整備スペシャリストを指さすと、唇をきゅっと結んでからいった。

「よくいった、やせっぽち。ヘクサメロンの門徒たちがわれわれのために出口をつくるようにしむけてやろう。やつらをいらいらさせてやるんだ」

「なんだって？」と、グッキーが言葉をはさむ。

「われわれにここから出ていってほしくなるくらいに」と、赤毛のテラナーはいう。

「かれらを悩ませるんだ。つまり、かれらを攻撃する。かれらをちょっと刺激して、おびき出すんだ。かれらにわが最高の一面を見せてやろう」

「あのね」と、イルトが混ぜかえす。「最高のじゃなくて、最悪の一面を、じゃないの。きみの画像を一枚送ってやればいいよ。そしたらかれら、自発的に時空断層を開くかもしれないぜ」

「そうさせてやろう」と、ブリーは決然という。「だが、そのときがくる前に、《ウリアン》の目的を解明したい。こんなに労力がかかっている宇宙ステーションは、それはそれは重要なものにちがいない。そのほかにも、この時空断層全体に興味をそそられる。それが持つ意味だけでなく、技術的な面にも」

「ぼくは自分のニンジンのほうに興味があるんだけど」と、グッキーが口をとがらせる。なにもすることがない、この状況が気にいらないのだ。「《シマロン》の船内に、まだまともな栽培場所が見つからないんだ」

「嵐の前のしずけさは」と、ラランド・ミシュコムがいう。「ステップの老いた地虫をも目ざめさせる。古いアフリカの格言よ」

「ハウリ人はもれなくサプライズ星系に退却しました」と、《シマロン》のシントロニクス結合体が報告する。「惑星上の通信を監視した結果、あらたな情報が得られました。サプライズ星系に関するこれまでのデータを補完する情報です」

「これまでの不完全なデータを補完する情報だろ」ベネカー・ヴリングがシントロニクスの報告を訂正する。

「レジナルド・ブルが〝ヴリアン〟と名づけた、サプライズⅡとⅢのあいだにある宇宙ステーションは、ハウリ人には〝ヴル・アム・タロク〟と呼ばれています。宇宙ステーションは時間終止作戦に関連しています」

「どう関連しているんだ?」と、ブリーがたずねる。「それから、ウル・アム・タロクとはどんな意味なんだ?」

「最初の質問には答えかねます。〝時間終止作戦〟という言葉は、宇宙ステーション《ウリアン》に関連する中立的な文脈のなかで一度だけ出てきました。〝ヴル・アム・タロク〟とは、ハウリ語で〝服従の地〟という意味です」

「時間終止作戦、か」と、レジナルド・ブルが考えこみながらいう。「ということは、《ウリアン》つまり《ウル・アム・タロク》は通常宇宙からタルカン宇宙への恒星の移送と関係があるのか。これはすごい手がかりをつかんだぞ。われわれの最優先の目標はもちろん通常宇宙にもどることだが、その前に、〝服従の地〟の目的を知りたい。諸君、戦闘の準備をしてくれ」

「命令を待っています」イアン・ロングウィンがいう。

二画面に、無言のニッキ・フリッケルとオーグ・アト・タルカンの顔がうつしだされる。このふたりもテラナーの決断を待っている。緊張した面持ちから、それがありありと伝わってくる。

「われわれはいずれ発見されてしまうだろうが」と、レジナルド・ブルはいう。「それをできるだけ先延ばしにする。つまり、われわれをかくしてくれるものを探すんだ。それは恒星サプライズのコロナ以外にない。さしあたって、そこをめざす」

「ライオンのいる洞穴《ほらあな》にかくれるようなもんだ」グッキーが驚いていう。

「カエルのいる沼に行くんだ」ブリーがグッキーの言葉を訂正する。「二匹のハエ、《ソロン》と《マイ＝キ》が先発する。《シマロン》はしんがりだ。三隻のなかで《シマロン》がいちばん高速で機動性が高いから」

ニッキ・フリッケルとオーグ・アト・タルカンがうなずいて同意をしめす。

三隻の宇宙船は速度をあげた。

ブリーは、惑星サプライズⅢから丸見えになる事態を避けるため、恒星サプライズが宇宙船三隻と惑星サプライズⅢとのあいだにくるように針路をとった。こうすれば、黄色い恒星がハウリ人の探知システムの楯になってくれるはずだ。

＊

レジナルド・ブルは、シントロニクスがサプライズ星系についてしめしたデータを精査した。それと同時に、かれは、ニッキ・フリッケルの《ソロン》とオーグ・アト・タルカンひきいるカルタン船《マイ＝キ》とともに時空断層に迷いこむもとになった出来ごとを思い返していた。

オーグ・アト・タルカンが積極的に立ちむかうことをふたたび決意したことに、最初ブリーは驚いた。自分はダオ・リン＝ヘイとともにまず第一にカルタン人の歴史を究明することにとり組むつもりだと、オーグ・アト・タルカンが表明していたからだ。それでも、この老練なカルタン人が、すでにその四分の三が瀕死の宇宙タルカンから通常宇宙に遷移しているハンガイ銀河のハウリ基地の調査に同行してくれるのは心強い。

謎の解明に最初の決定的な進展をもたらしたのは、グッキーやニッキ・フリッケルとともに〈九月の朝〉作戦に参加していたヴァリオ＝500だった。ヴァリオ＝500は、きわめて困難な状況のなか、ハウリ人とその計画に関する大量のデータを持ちかえった。データの分析はとうに終了している。

その結果、三角座銀河周縁の球状星団マルティ－5に物質シーソーのステーションがあることが判明した。レジナルド・ブルは、ハイパートロップ・アンテナの輸送船を襲撃するようハウリ人を誘導し、ハウリ人の惑星アシュカルへの潜入にまんまと成功した。

惑星アシュカルの物質シーソーは、タルカン宇宙からハンガイ銀河の第三クオーターが転移したまさにその瞬間に破壊された。アシュカルは完全に消滅した。これによって、恒星質量をタルカンへ逆転送しようとしたヘクサメロンの門徒たちの目論見は阻止され、破滅的事態は回避された。

そのとき、アトランはすでに、タルカンで消息を絶った友人ペリー・ローダンと合流すべく、タルカン遠征隊とともにXドア宙域を出発していた。

あらたに建造された《シマロン》に乗艦したレジナルド・ブルは、ニッキ・フリッケルの《ソロン》、オーグ・アト・タルカンのカルタン宇宙船《マイ＝キ》とともに、瀕死の惑星アシュカルから脱出したハウリ人を追跡するうち、時空断層に迷いこんだが、そこでサプライズ星系と宇宙ステーション《ウリアン》こと《ウル・アム・タロク》を発見した。

だが、これによってかれらは罠にはまってしまった。そこから抜けだす道はないようだ。

そこには、サプライズ星系以外にはとり立ててなにもない。まるで、宇宙ステーション《ウル・アム・タロク》……〝服従の地〟……を保護するためだけに、安定化した構造歪曲という時空断層がつくられたかのようなのだ。

《シマロン》のセンサー類によるこれまでの調査によれば、実際に意味があるのはサプライズⅢだけのようだ。

いちばん内側の惑星サプライズⅠは、直径が七千六百キロメートルと比較的ちいさい。

サプライズⅠは主星につねに同じ面を向けている。テラの衛星ルナと同様、自転周期が公転周期とぴったり一致しているためだ。

つねに昼間の面とつねに夜の面とでは、最大で六百六十度もの温度差がある。サプライズⅠに大気はなく、岩だらけで亀裂の多い惑星表面は起伏にとぼしい。昼間の面には、あちこちに、溶けた亜鉛や錫《すず》の海がある。恒星から近い惑星には、亜鉛や錫より重い金属はどのみちほとんど存在しない。

サプライズⅡは主星から九千三百万キロメートルはなれている。主星からの距離は、サプライズⅠのそれの二倍半だ。直径がサプライズⅠの二倍弱、重力が一・二四Gだというだけでも、この惑星には興味深い側面がある。もっとも、サプライズⅡの大気はほとんどの生物にとって呼吸にはまったく適さない。酸化炭素、酸化窒素、酸化硫黄《いおう》が混合した大気は、レジナルド・ブルとその同行者にとってもハウリ人にとっても有害だ。

にもかかわらずハウリ人がサプライズⅡで大規模な活動を展開していることは、探知機映像からたやすく見てとれた。サプライズⅡの表面には深い溝が多数見られる。あらゆる物質をシステマティックに採掘したあとだ。そこから容易に導き出せるのは、ハウリ人は《ウル・アム・タロク》建設のための物資をここで得ているという結論だ。

生存可能な環境が期待できるのはサプライズⅢだけだ。生存可能どころか、この惑星はテラに近いとさえいえる。直径は一万千九百キロメートルだから、テラよりも八百キロメートルちいさいだけだ。重力は〇・九八Gだから、ほぼテラと同じといっていい。自転周期は三十二時間だが、これはたいして重要なことではない。

　平均気温が十二度しかないことは若干問題だ。サプライズⅢは、植物生育地域がほとんどない寒冷な砂漠惑星だ。酸素をふくむ大気は呼吸に適しているとはいえ、この点はいかんともしがたい。

　エネルギー・エコーの結果は、ハウリ人の基地が北緯二十五度にあることをしめしている。おそらく、宇宙ステーション《ウル・アム・タロク》を完成させるための施設なのだろう。基地の面積は二万平方キロメートルほど。探知機のスクリーン上で、複数のちいさな点……つまり、宇宙船……がそこへ向かったり、そこから《ウル・アム・タロク》方面へ向かったりしているところをみると、付近に宇宙港があるにちがいない。

《ソロン》と《マイ＝キ》はサプライズ星系外縁に到達し、そのまままっすぐ主星に向かおうとしている。それでも相《あ》いかわらずハウリ人が動かないのを見て、レジナルド・ブルはすくなからず驚いた。第三惑星からの探知に対する楯として恒星サプライズを利用する作戦はうまくいっているようだ。

　シントロニクス結合体の報告によれば、このあたりのハウリ船は、アシュカルから逃げてきた戦闘艦以外はほとんどが大型輸送船ばかりだという。この報告によって、ヘクサメロンの門徒たちが時空断層のなかで安心しきって宇宙ステーション建設に集中していることが裏づけられた。

《ソロン》と《マイ＝キ》は、一億五千万キロメートルの短距離航程を終えようとしていた。レジナルド・ブルはまだサプライズ星系外縁にとどまり、恒星サプライズをはさんでサプライズⅢと向き合っていた。《ソロン》と《マイ＝キ》が時空断層の通常空間にふたたびあらわれたとき、シントロニクスがハウリ人の通信の活発化を報告してきた。これは偶然かもしれないが、発見されたことを意味している可能性もある。

　あらたな通信文は暗号化されているため、その内容の解読には時間がかかる。

《シマロン》に、二番めに高い警戒態勢が敷かれた。

　ニッキ・フリッケルとオーグ・アト・タルカンの宇宙船の船影は、《シマロン》の探知機画像にまだはっきりとうつっている。二隻が無事に恒星サプライズのコロナのなかに入りこんだとき、船影はようやく消えた。いまのところ、サプライズⅡと宇宙ステーション《ウル・アム・タロク》周辺で通信が活発になったこと以外はなにも目立ったことは確認されていない。

「われわれも二隻につづく」ブリーが宣言する。

《シマロン》の操縦は、当然のことながら、ロングウィンとララの両パイロットにまかされている。両人は浮上ポイントとして、ほかの二隻の目標座標と重ならないポイントを選んだ。《ソロン》と《マイ＝キ》はすでに比較的安全な状態にあるのだから、二隻を危険にさらすようなことはなんとしても避けなければならない。

航程終了のその瞬間、警報が鳴りひびいた。

「アクティブ探知ビームです！」と、シントロニクスが告げる。「ハウリ人の探知ステーションに捕捉されました」

三秒とたたないうちに、すばやく動く船影が恒星サプライズの近くにあらわれた。ハウリ戦闘艦六隻ずつで構成された二個飛行中隊だった。

《シマロン》の位置は、まだコロナにすばやく逃げこめるほど恒星に近くはなかった。ハウリ飛行中隊のひとつは、とっくに《シマロン》と恒星サプライズのあいだの宙域へと向かっている。《シマロン》の逃げ道は断たれてしまった。

シントロニクスが五段パラトロン・バリアを自律的に作動させる。

間一髪だった。ほぼ同時に、エネルギー放電の衝撃が司令室にまで伝わってきた。

二個ハウリ飛行中隊の武器がいっせいに火を噴いた。

《シマロン》が攻撃を受けたのだ。

「こいつはまずいんじゃないの！」グッキーが叫ぶ。

「まずい？」ベネカー・ヴリングがばかにしたようにいう。「ニンジンで口なおししたらいい」

レジナルド・ブルは矢継ぎ早に命令を発した。

2

「１３‐Ｋで迂回コースをとる！　射程圏内から出ろ！　ヴァーチャル・ビルダー投入用意！　反撃するな！　弱者をよそおうんだ」

「ぼくら、ほんとに弱者だよね」ネズミ＝ビーバーがなげく。「ハウリ人の宇宙船が十二隻だってさ。まったく気にいらないね。なにかしたほうがいいかい？」

レジナルド・ブルは答えなかった。目下の展開に集中していたのだ。

「攻撃は最良の防御なり」ララが自説を披露する。「古いアフリカの知恵よ」ブリーが武器システムの投入を禁止したのが気にいらないようだ。

「そうかもしれない。だが、いまはその法則は通用しないんだ」太陽系帝国の元副執政官は相いかわらずおちつきはらっている。「１４‐９３‐Ｒ方向に退避行動ＫＶ‐ＡＰをとる」

イアン・ロングウィンがみずから《シマロン》を操縦する。人間の脳は誤りもおかすが、このような状況下では八台のシントロニクス結合体よりも正しく直観的に反応することができる。

〝退避行動ＫＶ‐ＡＰ〟というブルの指示は複数の行動を意味している。まず、五段パラトロン・バリアをはげしく明滅させる。次にパラトロン・バリアが崩壊したと見せかけ、最後の瞬間に逃走の動きにうつる。

最初の二段階の行動は計画どおりに経過した。〝１４‐Ｋ‐９３‐Ｒ〟とは、〝サプライズからはなれる〟という方向指示を意味する。これによって、《シマロン》は第二飛行中隊の砲撃をかわした。見せかけの逃走の試みはほんの数秒で終わり、《シマロン》はハウリ宇宙船の射程内にふたたび姿をあらわした。

だがその間に、〝ＫＶ‐ＡＰ〟という命令は第三段階の、ほんものの行動に移行していた。《シマロン》がハウリ船からふたたび見えるようになったとき、仮想イメージ生成装置、すなわちヴァーチャル・ビルダーが作動しはじめたのだ。

ヴァーチャル・ビルダーは敵の探知機に捕捉されるのを防ぐための装置だが、未完成状態だ。この装置がつくりだすエネルギー・フィールドは、パラトロン・バリアの有無《うむ》にかかわらず機能する。このエネルギー・フィールドは第二の映像、つまりほんものの宇宙船のエネルギー・エコーをつくりだす。ヴァーチャル・ビルダーは宇宙船の機械類や器具類から出るエネルギー・インパルスをすべて集めて完全な宇宙船の映像をつくりだし、それを最大三光秒の距離に投影する。同時にほんもののインパルスを隠蔽《いんぺい》し、偽物のほうを最大十倍にまで増幅する。

投影されたポイントに、いかにもほんものらしい《シマロン》の船影がうつしだされる。ハウリ船の探知機はこれを捕捉し、そこに武器誘導システムの照準を合わせるだろう。

レジナルド・ブルには、この技術システムがまだ完全には機能しないことがわかっている。これはまだ長期テストも受けたことがないのだ。科学者たちの言を信じるとすれば……信じてはいるのだが……収集・吸収フィールドは《シマロン》のエネルギー放射のおよそ九十パーセントしか捕捉しない。

これが不確実要素なのはたしかだが、それは許容範囲内だ。どのみち、時空断層からの出口はないのだから。

ヴァーチャルな映像は隠蔽されたほんものの《シマロン》の散乱インパルスよりも十倍増幅されているのだから、敵の兵器システムはヴァーチャル目標に集中するにちがいない。

だが、ヴァーチャル・ビルダーは本格的なテストを受けていない。このテラの最新技術はまだ実戦に投入されたことがないのだ。疑念が拭《ぬぐ》えないのはあたりまえだ。

九十パーセントの確率とは、十パーセントの不確実性でもある。

《シマロン》がハウリ船の射程圏内にもどったとたん、ふたたびエネルギー探知機がけたたましい声で歌いながら明滅しはじめた。インパルス計器のはげしい振動に合わせて、地獄のメロディのリズムが冷酷に変化する。

だが、《シマロン》の中央司令室に衝撃は伝わってこない。ハウリ船から放たれたハイパーエネルギーの軌跡は、ほんものの《シマロン》からわずか一・七光秒はなれたヴァーチャル映像に吸いこまれるように消えていった。ヴァーチャル映像は防護バリアをゆらめかせながら逃走した。これも計画どおりだった。

ハウリ人は追撃し、砲火を集中させた。だが、二個ハウリ飛行中隊は両方とも相いかわらず、《シマロン》と恒星サプライズのあいだの宙域を移動しているため、ブリーとしては恒星サプライズの探知の楯へこっそり逃げこむチャンスも見つけられなかった。

それに、とテラナーは自問する。そうできたところで、それがなんの役にたつのだ。あたえられているのは、直径わずか三十五光時の球状空間だ。われわれはハウリ人に見つかってしまった。逃げても逃げても見つかってしまうだろう。時空断層に出口はない。ここから逃げだすことはできないのだ。《シマロン》のセンサーが、この人工的微小宇宙はとうの昔に完全に閉じられてしまったとはっきり証明しているのだから。

「ＫＰ－２３！」と、レジナルド・ブルはどなった。

これは、《シマロン》が亜光速でヴァーチャル映像からはなれ、同時にヴァーチャル映像は比較的無害な退避行動をとりながら逃げようとする……ように見せかける……ことを意味している。

「敵宇宙船五隻に正確に照準を合わせていますが」と、ブルー族のヴェエ・ユィイ・リィが報告する。「反撃してもいいですか？」

「だめだ！」ブリーは手でさっとはらいのけるしぐさをしながらいう。「われわれはここにいないことになっているんだ」

グッキーとベネカー・ヴリングがなにか叫んだが、レジナルド・ブルには聞こえなかった。かれは、《シマロン》のヴァーチャル映像に向かってエネルギーを発射しつづけているハウリ船との対決に集中していた。

「第五段階！」と、ブリーは叫んだ。これは、ヴァーチャル映像が消えたように見せかけることを意味している。技術的には、ヴァーチャル・ビルダーをオフにするということだ。

この指示が実行にうつされるより先に、赤毛のテラナーは次の命令をくだしていた。

「《ウリアン》に針路をとれ！」

「気はたしかかい！」グッキーが大声で文句をいう。ベネカー・ヴリングがなだめようとするのにも気づかない。「ぼくがテレポーテーションする」

「ここにいるんだ！」ブルがきびしくいう。「わたしは正気だ。わたしの計画のじゃまをするなら、最後のニンジンもろとも朝飯にして食ってやるぞ」

　ネズミ＝ビーバーは跳びあがった。ブリーはグッキーのテレキネシス攻撃を覚悟したが、なにも起こらなかった。イルトは陰鬱《いんうつ》な表情をうかべ、ふたたびシートに沈みこんだ。かれをなだめるようにベネカー・ヴリングが細長い腕をまわしかける。

「ときには内なる声にしたがったほうがいい」と、ロボット整備スペシャリストは優しくいう。「グッキー、きみの頑固さはきみの役にたたない」

「ぼかあさ、よく大宇宙の救世主と呼ばれたんだぜ」と、ネズミ＝ビーバーはなげく。

「大宇宙の救世主なんだぞ」

「大宇宙の救世主なんていない」ベネカー・ヴリングが虚空を見つめながらいう。「きみがいうのはどの宇宙のことだ？　きみの故郷宇宙のことか？　タルカンか？　それとも、ほかとくらべてちっぽけなこの時空断層のことか？　それとも、ここと想像もつかぬものとのあいだに存在する宙域のことか？」

　グッキーは、痩せこけたテラナーの問いかけに答えなかった。

《シマロン》の少々太りすぎの第二パイロット、ラランド・ミシュコムはしみだらけのオーヴァオールを手でさっとはらうと、レジナルド・ブルに、指示にしたがおうと思っていることを目顔でしめした。操縦システムの指揮権をそのとき第二パイロットにまかせていたイアン・ロングウィンは、皮肉たっぷりにこういっただけだった。

「どうせ終わりなら、ララとともに終わるのがいい」

《シマロン》は潜伏コースから抜けだした。ヴァーチャル映像はとっくに消えていた。ヴァーチャル映像との距離が三光秒よりもひろがったためだ。それ以上はなれると、仮想イメージ生成装置はヴァーチャル映像を投影することができない。《シマロン》は《ウル・アム・タロク》めざして進んでいく。

「きみは頭がおかしくなったんだ」と、グッキーがもう一度大声でいう。

レジナルド・ブルはグッキーに両手をさしだした。

「なにか見えるのか？」と、かれはたずねた。「グッキー、おまえさんにはなにも見えていない。これはわたしの策略だ。目に見えない未知の策略なんだ、ニンジン食いのグッキー。どこに逃げるべきか。恒星サプライズに行くことはできない。ハウリ人が目を光らせている。時空断層からはかんたんには出られない。それをべつにしても、ニッキ・フリッケルとオーグ・アト・タルカンのことをかんたんに忘れることはできない。それなら、《ウリアン》にどんな意味があるのかを知っておきたい。だから、ヘクサメロンの門徒たちの聖域と思われるあの場所に向かって飛ぶんだ。つまり、《ウリアン》へと逃げるんだ。あそこなら、かれらは思うがままに攻撃をしかけることはできない。手控えなければ、自分たちが神聖視しているものを破壊してしまうかもしれないんだからな」

ネズミ＝ビーバーはうなずいた。

「たしかにきみを過小評価することが何度かあったよ」と、かれは正直にいった。「だけど、苦境におちいったときのきみは、ペリーにも負けてないもんね。きみの考えはわかった。きみの策略をためしてみてよ」

ハウリ船が追撃してきた。真相を完全には理解できないまでも、とり違えていたことに気づいたのだ。いま、かれらの探知機は、ひとつの目標……ほんものの《シマロン》……だけに狙いをさだめている。

だからといって、ヴァーチャル・ビルダーの秘密はまだあばかれていない。ブリーがそう考えたのはもっともなことだった。かれは、探知機のスクリーンにうつしだされた、サプライズⅡとサプライズⅢのあいだに位置するハウリ人の宇宙ステーションの影を指さした。そのあいだにも、ハウリ船は《シマロン》のパラトロン・バリアめがけてエネルギー砲を撃ちこんでくる。

「理想的なかくれ場とは、だれにも想像できない、攻撃者自身が損害をこうむりかねないような場所だ。《ウリアン》はそのどちらの条件も満たしている」レジナルド・ブルは自信ありげにほほえんだ。

イアン・ロングウィンとラランド・ミシュコムがふたたびふたりいっしょにシントロニクス結合体とともに操縦にあたり、退避行動が続行された。《シマロン》と宇宙ステーション《ウル・アム・タロク》のあいだにあらたなハウリ船があらわれたとき、防護バリアの負荷率が突然百パーセントに跳ねあがった。

「目標方向にＶＫ-３！」レジナルド・ブルがどなる。

ほんものの《シマロン》からすこしはなれたところに、再度ヴァーチャル映像が出現し、それと同時に、《シマロン》の探知エコーは最小化された。

前方の敵はたちまち引っかかり、ヴァーチャル映像に向かって砲撃した。だが、サプライズから追ってきたハウリ人は、いぜんとして高エネルギー砲を《シマロン》の背後から浴びせかけていた。防護バリアは持ちこたえていた。

「提案があります」という声が鳴りひびいた。「こちらにはトランスフォーム砲と分子破壊砲があります。大口径のサーモブラスターとインターヴァル砲も。武器は即時使用可能な状態です。全システムは完全に機能しています」

レジナルド・ブルは、この提案を重々理解したうえで首を振った。

「われわれの強みをまだ知られてはならない。だいじなのは、宇宙ステーション《ウリアン》を偵察することだ。そこから通常宇宙への出口も見つかるかもしれない。積極的反撃はしない！」

「センチメンタリズムですか？」と、シントロニクスがたずねる。

「違う！　理性的な計画だ。《ウリアン》をめざす。《ウリアン》ではハウリ人ははげしい攻撃はしてこないはずだ」

「そうね」と、ララがいう。「サルはピーナツを食べるが、ピーナツが自分を食べることは許さない。古いアフリカの格言よ」

「笑わせるなよ！」グッキーがうめく。

「パラトロン・バリアの負荷率が八十四パーセントです！」シントロニクスが告げる。「反撃が推奨されます。《ソロン》および《マイ＝キ》への通信は現在もブロックされています」

「いまは反撃はしない！　不意打ちの機会を見つけしだい、それを利用する。でなければわれわれに勝ち目はない」と、ブリーは断固としていう。「《ウリアン》までの距離は？」

「四十二光秒です」シントロニクスが答える。

「速度は？」

「〇・一三光速度です」

テラナーは探知機の表示から、《シマロン》がスピードを出しすぎていること、その進路が目標をわずかにそれていることを見てとった。かれは若干の針路変更と減速を命じた。

「《ウリアン》の中間部分付近で停止する」と、説明する。「そこならハウリ人に攻撃されずにすむ。かれらも自分の身を損なうようなことはすまい」

《シマロン》の攻撃用兵器は沈黙をつづけている。防護バリアは、追撃して追いついたハウリ船のエネルギー砲を受けて紅蓮《ぐれん》の炎をあげている。

レジナルド・ブルは、荒波に洗われる岩のように立っている。

《シマロン》は、まだ充分に上位連続体への飛行作戦を実行できる程度の速度で飛行している。

「ひとっ飛びで《ウリアン》に到達できます」シントロニクスが告げる。

「そんなことはしない」ブリーはほほえみながらいう。「これから反撃するぞ！　ハウリ船に！」

「なぜいまなんだい」グッキーはシートから跳ね起きようとしたが、それをベネカー・ヴリングが押しもどす。

「そうしたいからだ。テラのキツネはいつだって不意打ちのネタをかくし持っているのさ。ハウリ人はこれまで、自分は安全だと思いこんでいた。こっちはいつでも《ウル・アム・タロク》を破壊できるんだということを思いしらせてやろう。そうすればかれらも用心深くなるだろう」

イアンとララがすばやく反応する。シントロニクスも即座に反応し、トランスフォーム砲が爆音とともにすさまじいエネルギーを放出する。

追撃してきた敵宇宙船二隻と前方の戦闘機一機に命中。のこりのハウリ船は即座に散開し、予測不能な横方向の動きを展開する。不安に駆られたのか、あるいは逃げようとしているのか。

サーモブラスターがつくりだす炎の壁には敵宇宙船を破壊する効果はないが、位置測定能力や状況把握能力に相当程度のダメージをあたえる。

「《ウリアン》とのコンタクト・ポイントを発見」と、シントロニクスが告げる。「周辺領域の、構造物がたてこんだ区域の背後です。そこに《シマロン》をドッキングさせられます」

「そこしかない!」と、ブリーが叫ぶ。「ハウリ人は時空断層のなかは安全だと思っているから、ここに配属された部隊は小規模だし戦力もちいさい。身をかくすにはライオンの住み家がいちばんだ」

「迷えるカエルはいない」と、ラランド・ミシュコムがいう。「迷えるハエや沼もない。迷えるレジナルド・ブルがいるのみ」

「だがそれは、古いアフリカの格言じゃないぞ」赤毛のテラナーが第二パイロットにほほえみかけながらいう。

「迷っているのは」と、イアン・ロングウィンがおちついた口調でいう。「世迷いごとをいうやつだ。ブリーは世迷いごとをいってはいない。これも、古いアフリカの格言じゃないがね」

＊

宇宙ステーション《ウル・アム・タロク》、またの名〝服従の地〟は巨大な構造物だった。それがなにを目的とする施設なのか、レジナルド・ブルにはわからなかった。《ウリアン》は、半径一億千八百万キロメートルの安定した周回軌道を描いてまわっている。

平面図は細長い六角形に似ている。ヘクサメロンに関して〝六〟という数字がよく出てくることにはもうだれも驚かなくなっている。ディスク状宇宙ステーションの最大直径は一万三千キロメートル、最小が八千キロメートル。水平方向のひろがりと比較して高さはあまりなく、もっとも高いところで百二十キロメートル。表面は凹凸《おうとつ》がはげしく、形状も不規則だ。

発見時の第一印象では、《ウル・アム・タロク》の完成度はせいぜい四分の三だと思われた。至近距離からの視覚的映像がスクリーンにうつしだされたいま、それが正しかったことがはっきりと確認できる。

重要なのは兵器システムがないことだった。見たところ、宇宙ステーションは非武装のようだ。一方で、このことは、この宇宙ステーションが重要であるにちがいないことを強調している。小型の衛星を上まわる大きさを持つこのような構造物を、だれがつくったのだろう。

《ウル・アム・タロク》を守っているものは時空断層だけだ。時空断層のなかに〝服従の地〟があるのだ。だれかがこの別空間へ侵入してくるとは、ヘクサメロンの門徒たちは思いもしなかったようだ。

　宇宙ステーションの主たる部分は、不規則なかたちをした柵でできている。スペクトル分析による測定で、素材は非常に抵抗力の高いポリマー金属だとわかった。多くの場合、柵は中空になっている。

　無数にある柵の棒の長さは、最大で二十キロメートル。向きはばらばらだ。巨大な中空の棒と中身の詰まった横木が組み合わされて柵をかたちづくっている。

　この柵は、さまざまな機械類や装置類、部材などをとりつけるための骨組みか足場のように見える。すでにとりつけが終わっている部分と、これからの部分があるようだ。実際、この六角形のディスク状宇宙ステーションには何カ所か、からっぽの部分があり、そこから向こう側を見とおすことができる。だが、全体の四分の三を、構造物が立っている部分が占めている。

　シジトロニクスはレジナルド・ブルの命令を正しく実行し、目標としてこのような閉じられた領域を選択していた。まだなにもない区域を選んでいたら、遮蔽《しゃへい》物がほとんど見つからないところだった。

〝服従の地〟に近づいたとき、ハウリ人はすでに攻撃を停止していた。三十六隻にまで増えていた船団は待機態勢をとっている。船団からサプライズⅢに向けて、周章狼狽《しゅうしょうろうばい》ぶりをうかがわせるハイパー通信がつぎつぎと送られている。

　レジナルド・ブルも攻撃を中止した。

「計画はうまくいっている」と、満足げにいう。「ハウリ人はわれわれをそっとしておいてくれているが、こちらの力に気づきはじめてもいる。いずれ、われわれがかれらの聖地にとって危険な存在だと知るだろう」

「だけど、こいつあ、いつわりの静けさだね」となりにきていたグッキーがいう。「きみだって、ヘクサメロンの門徒たちがぼくらの好きにさせておくって、本気で思っているわけじゃないだろ」

「もちろんだ、グッキー！」ふたりは、イアン・ロングウィンの用心深い操縦を見守っていた。《シマロン》は宇宙ステーションの周縁部を、入りくんだ柵のあいだを縫って進んでいく。「グッキー、わたしの次の目標はわかっているだろう。ハウリ人が時空断層に隙間をあけてくれるようにしむけたい。その隙間から、われわれだけでなく、《ソロン》と《マイ＝キ》も通常宇宙へ脱出する。だがその前に、この巨大宇宙ステーションの意味と目的についてすこし調査したい」

「けっこう危険なことになるよ」と、イルト。

「そうだな！　だからこそ、われわれふたりにぴったりの任務なんだ」

探知システムは宇宙ステーション《ウリアン》に関するデータをたえまなく伝えつづけている。グッキーは、多くの区域がパラトロン特性を持つエネルギー・フィールドにつつみこまれているのを知って首を振った。イルトにとってこれは、ここではテレポーテーション能力がほとんど使えないことを意味していたからだ。

宇宙ステーションの端から数キロメートルなかに入ったところで《シマロン》はすこし方向転換した。その結果、《シマロン》はハウリ船から見て、《ウリアン》の完成した区域の陰にかくれることになった。直径七キロメートルのなめらかな壁の近くでテラ宇宙船は停止した。

イアン・ロングウィンとララとシントロニクスは協力して完璧に仕事をこなしていた。《シマロン》は、壁からほんの数百メートルはなれたポイントに牽引ビームで固定された。

「ハウリ人はようすをうかがっています」と、シントロニクス結合体が報告する。「かれらの通信内容から明らかになりました。《ウル・アム・タロク》が攻撃されるのではと恐れています」

「いったとおりだろう」レジナルド・ブルは両手をこすり合わせた。かれは、ふたつの目的……通常宇宙への帰り道を開くことと、宇宙ステーション《ウル・アム・タロク》を調査すること……このふたつの目的をはたしたとはまだとうていいえないながらも、時空断層に突入して以来の成果には満足していた。ニッキ・フリッケルの《ソロン》とオーグ・アト・タルカンの《マイ＝キ》はまだハウリ人に発見されていない。つまり、ブリーは二枚の切り札を温存しているのだ。

「わたしは自分の任務にもどります」と、ベネカー・ヴリングがいう。「ロボット部隊Bの修理作業をおこなわなければなりません。《ウリアン》内部に向けて出発するときには知らせてください。ぜひ立ち会いたい。というのも、これはおもに技術的な問題だからです。技術の問題なら、わたしもすこしはお役に立てるかもしれません」

　そういうと、ひどく痩せた男は司令室をあとにした。

「注意！」その瞬間、シントロニクスの人工音声が大音量で告げる。

　光学的探知機とエネルギー探知機のスクリーンに、宇宙ステーションの壁から《シマロン》へと黄色の細いチューブが伸びてくるのがうつしだされた。この軽く波打つ管のなかを、黒い点が《シマロン》のほうへ高速で移動してくる。黒い点は、パラトロン・バリアを軽々と突きやぶった。すると、黄色いチューブは消滅した。

「テレパシーが使えないや」ネズミ＝ビーバーがいう。「どうしてもだめなんだよ。いまいましいパラトロン・フィールドめ。さっきテレポーテーションしようとしたけど、それもだめだった。いったいなにが起きているんだろう」

「未知の対象物が《シマロン》に侵入しました。生命体のようです」シントロニクスの声はいらだっている。「目に見えないため、位置は探知できませんが、自分から名乗ってきました。その名はイリパップ。ハウリ語で〝覚醒したいたずら者〟という意味です」

　重要区域および動力システムのエネルギー封鎖といった、あらゆる内部保護措置が自動的に実行された。さらに、乗員、空調システム、エネルギータンクを保護する緊急措置がとられた。

　レジナルド・ブルはまる一時間待った。

　あらゆる手段をつかって《シマロン》内の捜索がおこなわれたが、対象物イリパップについてはなにも判明しなかった。

　なにも起きなかった。黄色いチューブの不思議な現象はそれっきり二度と起きなかった。《シマロン》船内でも異状はいっさい確認されなかった。

　だが不安はのこった。不安は、船内の男女テラナーおよそ千名とほかの銀河系住民二百五十名の神経をむしばみ、参らせた。

〝覚醒したいたずら者〟イリパップは姿をあらわさなかった。

3

　グッキーは、未知の侵入者のゆくえを超能力を使って探りだそうとしたもののうまくいかず、自分のキャビンにもどっていた。のこりすくなくなったニンジンのストックをかれは心配そうにながめた。もういいかげんに、生物のいる通常惑星に行かないとな、とかれは思った。船内の糧食はきらいだ。自動調理器がつくる合成ニンジン粥《がゆ》も口に合わない。

　イルトはいろんなことをあれこれと考えていた。ついさっき《シマロン》船内で何度かテレキネシス能力をためしてみたさいには、なんの問題もなかった。ところが、司令室からテレポーテーションしようとするとそれはできなかった。ベネカー・ヴリングの身ぶりもかれのなぐさめにはならなかった。

　最初、宇宙ステーション《ウリアン》に多数存在するパラトロンセルの散乱フィールドのせいかと思ったが、それはありえないとわかった。この防護バリアにさらに近づいても、かれは損害をこうむっていないのだから。

それなら、なにが原因だったのだろう。

一瞬、グッキーは、これにはベネカー・ヴリングがなにか関係しているのかもしれないと考えたが、すぐに思いなおした。なんら理にかなった根拠がなかったからだ。あのロボット整備スペシャリストにはすこし謎めいたところがある。かれの思考を読むことはできない。精神の安定性が高いからだ。だが、その技術的策略をもってしても、かれにプシオン・ブロックを構築することはできないはず。

そんなことは考えられないじゃないか。

それに……ネズミ＝ビーバーは気づかなかったが……《シマロン》の内部コントロールシステムは常時作動しているのだから、そんなものがあれば見つからないはずはなかった。

かれを悩ましているのはふたつの謎だった。なぜテレポーテーションできなかったのだろう。そして、侵入したとされるイリパップはどこにかくれているのだろう。

どちらの謎を解き明かすことにも行き詰まってしまったので、かれは宇宙ステーション《ウリアン》の方向にテレパシーを向けた。《シマロン》が金属とプラスティックと未知の技術でつくられたこの巨大構造物に接近したとき、すでにネズミ＝ビーバーは膨大な量のメンタルエコーに気づいていた。この混乱のなかでは正確な量まではわからなかったので、グッキーはおおよその見積もりでよしとせざるをえなかった。六千から一万のあいだ、と、かれは結論づけた。

だが、それ以上のことはわからなかった。どのメンタルエコーもぼやけていた。それはひとつには、宇宙ステーション《ウリアン》の多くの区域を遮断しているパラトロン様エネルギー・フィールドが多いせいであり、さらに、ここではハウリ人しか活動していないこともその理由のひとつだった。ハウリ人の思考を読みとるのは困難だったし、なにか具体的なことを読みとれたとしても、それはきまってヘクサメロンや六日間教義を褒《ほ》め称える美辞麗句にすぎなかった。

グッキーには、ハウリ人がまるで生きたロボットのように思われることがあった。かれらは任務をひたすら遂行するばかりで、任務の意味を考えることがないのだ。《ウル・アム・タロク》の意味や目的を読みとれないのはそのせいだった。

任務に直接従事していない少数のハウリ人は単調な食事をともにしたり、ゲームや散歩やおしゃべりをしてひまをつぶしたりしている。だが、会話の内容はあたりさわりのない、どうでもいいことばかりで、宇宙ステーションの任務に関するものは皆無《かいむ》だ。

グッキーのテレパス能力が偶然、ほんの数キロメートルしかはなれていない区域をとらえた。百名を超えるハウリ人が列をつくり、およそ千体の作業ロボットといっしょに、たったいま到着した巨大装置を柵内に運びいれて固定しようとしていた。不規則なかたちをしたその区域は、五つの面がすでに外壁でおおわれている。未知の装置は、まだおおわれていない壁面をとおって運びいれられた。

　グッキーは数十名のハウリ人の脳内を順番に探ってみたが、この装置の技術的機能に関する情報はまったく見つけられなかった。かれはとうとうこの無益な試みをあきらめた。

　グッキーの自室キャビンのハッチわきに設置されたスクリーンに、中央司令室の一部がうつしだされている。ブリーが首席技師のヴェエ・ユィイ・リィやそのほかの《シマロン》乗員と話し合っている。ブルー族は、皿頭の細長い顔に困惑の色をありありとうかべている。あらゆる技術的手段を使って侵入者を発見しようとしたのに、まるで侵入者など端《はな》からいなかったかのように消えうせてしまったからだ。

　グッキーが中央司令室へテレポーテーションすべく意識を集中しようとしたそのとき、かれの研《と》ぎすまされたテレパス能力が思考のかすかな気配を受信した。キャッチしたその思考は言葉には変換できなかったが、挨拶のような響きを持っていた。

　イルトは自分のプシオン能力に意識を集中した。その奇妙なメンタルエコーはすぐ近くで発生しているにちがいないのに、その発生源を正確にとらえることができない。

「ここにいるんだな」と、かれはいった。「なぜ姿をあらわさないんだ？」

　反応はなかったが、微弱なメンタルエコーはとだえなかった。グッキーはハウリ語で問いをくりかえした。

「ちぇ！」と、いうテレパシーエコーがかすかに聞こえた。「きみもそのいやらしい言語ができるのか？　これは困ったことになりそうだな」

今回はエコーの発生源がすこしはっきりしてきた。目には見えないが、ほんの数メートルしかはなれていない。ベッドと自動調理器のあいだだ。グッキーはそこに向かって三歩踏みだした。

「ばかなことはやめろよな、イリパップ」かれは当てずっぽうにいった。「姿を見せてくんないかい、友よ！」

「イリパップだって？　友だって？」メンタルエコーはさらにはっきりしてきた。だんだんうちとけてきたようだ。「わたしの名前をどうして知っている？　どうして、わたしのことをきみの友だと思うんだ？　わたしには友はいない」

「姿を見せておくれよ、わが友イリパップ！」イルトはあらためていった。「姿を見せてくれたら、なにもかも説明すっからさ」

「だが、わたしは見た目がよくない」こんどはハウリ語の音声が聞こえた。その音声は、ときどき急に高くなったり乱れたりするぴいぴい音ではあったが、充分理解できた。

「それに、話すときには、こんな口汚い言葉しか使えない」

「ぼくにとってはそんな美醜の基準は存在しないぜ、友よ。わが友ブリーは、すべては相対的だといつもいってるからね。好みはひとそれぞれだろ」

「きみにはブリーという名の友がいるのか？」目に見えぬ者は驚いたようにいった。

「ぼくにはおおぜい友がいる」ネズミ＝ビーバーは答えた。こいつはずいぶん変わったやつにちがいない。こいつの道徳観や価値観はなんだかひねくれている。

「おおぜい友がいるのか、それはすごい。きみはわたしの名をいいあてたから、きみには姿を見せてもいい。わたしの掟はそうさだめている。きみの名は？」

「グッキーと呼んでくれ！」

「グッキー？　どんな意味なんだ？」目に見えぬ者はぴいぴい音でいった。

「たんなるぼくの名前だよ。それ以上の意味なんてない。名前にはかならず意味がなきゃなんないのかい？」

「わたしはずっとそう思っていた。わたしの名イリパップは、〝覚醒したいたずら者〟という意味だ。わたしの最初の主人がそう名づけたのだ」

「だれがきみの最初の主人だったんだい？」ネズミ＝ビーバーは目に見えぬ謎の存在に向かって手探りで進みながらいった。

「いまとなってはもうわからない。昔々のことだ。おそらくハウリ人だったのだろう。わたしの記憶が正しければ、わたしはずっとハウリ人といっしょにいたから。だが、この点については自信がない。いま本当にきみにわたしの姿を見せたほうがいいのだろうか」

「ぜひそうしてほしいな、友よ」

だしぬけになにかが姿をあらわした。実のところ、グッキーは仰天した。それまで見たこともないものだったからだ。それを見てかれはとっさに、ぐらぐらするレモンがうえにのった、黄色に塗られたバーのスツールみたいだと思った。

「きみはとてもきれいだ」グッキーは、イリパップを上機嫌にさせておくため、確信に満ちた声でいった。これは生物だ、というのが第一印象だった。「うん、きみはほんときれいな生物じゃないか、友よ」

「わたしは生物ではない」という意外な返事がかえってきた。そのあとには、意味のないぴいぴい音がつづいた。

　イリパップの身長は一メートルたらず。三つある黒い目をのぞいて、からだじゅうすべて黄色だ。胴体部分は、革のようなものでできたクッション形の直方体だった。この直方体の高さはおよそ二十センチメートル、側面の長さは四十センチメートル。グッキーと向かいあっている面に、大きな黒い目が三つ、等間隔でならんでいる。

　直方体のからだの上面中央に、オレンジくらいの大きさの、脈打つ球がのっている。むき出しの脳にすこし似ているところがあるなと、イルトは思った。

　直方体の四つの角から、長さ八十センチメートルの非常に細い脚が伸びている。脚の先には、ちいさな足がついている。関節があるようには見えないが、イリパップは脚をかろやかに前後左右に動かしている。

　そのほかの手足や特別な器官は見あたらなかった。

「生物じゃないなら」と、グッキーはいう。「きみはなんなんだい」

「わたしはコーボルトだ。正確にいえば、ハウリ人のコーボルトだ」ぴいぴい音が何度も裏返った。イルトは、イリパップの言葉を苦労して聞きとった。「わたしはハウリ人がきらいだし、かれらもわたしのことがきらいだ」

＊

「コーボルトだって！　ぼくをからかってるんだな」グッキーは腹立たしげに首を振ると一本牙《きば》をむき出した。

「からかってなんかいない」イリパップはがっかりしたようにいった。「友をからかったりしてはいけないだろう。いままで長いこと生きてきたなかで、わたしはまだ友を持ったことがないんだ。それを忘れないでくれ。きみが望むなら、期限つきできみに帰属してもいい」

「帰属する？　どういう意味だい」

「きみをわたしの主人として認めよう」

「了解。じゃあ、まずは話してよ。きみがどこからきたのか、なにをするつもりなのかを」

　黄色の生物はすぐには答えなかった。

「きみのいうことがよくわからない」すこし間があってから、ためらいがちにいう。

「わたしはめったにいないコーボルトだ。自分以外にコーボルトがいるのかどうか、わたしにはわからない。すくなくとも、わたしはいままで自分以外のコーボルトに出あったことがない。わたしは、自分が思いだせるよりも昔から存在しているんだが」

「きみが思いだせるのは、どれくらい昔のことなんだい？」

　イリパップはそれを説明しようとしたが、かれの時間の観念は非常に混乱していた。グッキーは、この奇妙な生物が最近の十標準年のことしか思いだせないことを探りだした。そして、その十年間をこの生物は未完成の宇宙ステーションですごしてきたのだ。コーボルトは自分はそれよりずっと前から存在していると主張したが、それ以前のことはまったくおぼえていなかった。かれにとって、それはなんの意味もないことのようでもあった。

「わたしはただ生きていたいだけだ。そして、ハウリ人を怒らせてやりたいのだ」と、かれは話を締めくくった。

「《ウル・アム・タロク》はなにをするところなんだ」ネズミ＝ビーバーは次にそうたずねた。

「ハウリ人は大きな玩具をこしらえている」イルトにはその返答の意味がわかりかねた。

「その玩具にはどんな意味があるんだ」

「意味があるか、意味がないか」と、イリパップは答えた。「それが問題だ。わたしは意味はないと思う。その意味について、テル・サム・ケルなら、わたしの笛のコンサートよりさらにすてきな歌をうたってくれるかもしれない」

「きみはどうやって《シマロン》に侵入したんだ」

「見知らぬものが近づいてきたのを感じ、好奇心をそそられた。わたしの元主人、テル・サム・ケルという名のおろかなハウリ人にひどく手荒なあつかいを受けていたので、あらたな主人を探そうと思い立った。ひとりっきりというのは退屈なものだからな。わたしはチューブを張り、きみたちのところへすべってきた。きみたちがどんなやつなのか見さだめるため、まずは身をかくした。最後に、きみたちに理解してもらおうとした。きみたちからおだやかなシグナルを感じたからだ。きみたちは、テル・サム・ケルやそのほかの主人たち……名前はもちろん忘れてしまったが……のような下劣なやつらではない」

これで、黄色いチューブはイリパップのしわざだったことがはっきりした。グッキーにはイリパップは無害に見えたので、これで心配はなくなったと思った。

「最新の検知技術でもきみを見つけられなかったんだぜ。どうやったらそんなにうまく身をかくせるんだい」

「なぜだか知らないが、とにかくできるんだ」という説得力のある答えが返ってきた。

「わたしは正真正銘のコーボルトだ。そうとしか説明のしようがない。それにそんなことはまったくどうでもいいことだ」

グッキーはイリパップに、《シマロン》船内の状況について手短かに説明した。自分たちが事実上ハウリ人と敵対関係にあることも話した。コーボルトは、なんの質問もさしはさまず、ただ淡々と聞いていた。話の内容にほとんど興味がないようすだった。

「さあ、中央司令室へ行って友たちに会おうよ。みんなきみに会えてよろこぶはずさ」

「きみのいうとおりにするが、グッキー、そうは思えないな」と、歩くバーのスツールはいった。

「なにがそうは思えないって？」

「かれらがわたしに会ってよろこぶとは思えない」イリパップはそういってから、ぴーっという高い音を発した。「なんといっても、わたしはコーボルトなんだから」

「すぐにわかるさ。さあ、ついてこいよ！」

四足歩行生物はすなおにグッキーについていった。クッションのようなかれのからだが、その奇妙な歩みに合わせて上下に揺れた。イリパップは左右交互に体重を移動させ、らくだのように、同じ側の前肢と後肢を同時に踏みだして歩いた。

中央司令室行きの反重力シャフトに向かう通路で、両者はララことラランド・ミシュコムに出くわした。副操縦士は急いでいたのだろう。両者を見ても、「あら、グッキー！」と、いっただけだった。

彼女がイリパップにまったく気づかなかったことにイルトは驚いたが、すぐにまた、ララと出あったことを忘れてしまった。

中央司令室には、いつものメンバーのほかにレジナルド・ブルとイアン・ロングウィンとヴェエ・ユィイ・リィがいた。三人は相いかわらず激論をかわしていた。グッキーとイリパップが入ってきても、かれらはちらっと視線をあげただけだった。

すこしはなれて立っているベネカー・ヴリングが、うんざりしたようすでイルトにほほえみかけた。

「見てのとおり」と、イルトは甲高い声でいった。「訪問者を連れてきたよ。《ウリアン》からこっちに伸びてきてパラトロン・バリアをなんなく通過した、あの黄色のエネルギー・チューブの謎もこれできっと解けるぞ」

ブリーは無愛想な顔で、とがめるような視線をグッキーに投げかけると、すぐにまた、ポータブル探知機をいくつも持ってきて調整しているブルー族のほうに顔を向けた。

「さあ、ぼくの新しい友イリパップをきみたちに紹介するよ」グッキーは四足歩行生物を指さしていった。「見た目は歩く黄色いバーのスツールみたいだし、自分はハウリ人のコーボルトだなんて主張してるけど、こいつは実に愛すべき、ちょっと孤独なやつなんだと思うね」

「もうたくさんだ！」レジナルド・ブルが鋭くいった。「おまえさんの冗談につきあっているひまはないんだ」

「なんだって！」グッキーはかっとした。「ぼくが黄色いエネルギー・チューブの謎を解き、お客を連れてきてやったのに、きみたちときたら銀河辺境の最後の田舎っぺみたいな態度をとるんだな」

「本当にもうたくさんだ！」ブリーは大声を出した。「だれかをからかいたいのなら、うんとひまなやつを選んでくれ」

「ちょっと待ってよ！」グッキーは宙に浮かぶと、黄色い球がもっとはげしく震えるようにイリパップの上面を軽くたたいた。「きみたちのいうことを聞いていると、まるで、きみたちにはぼくの新しい友人が見えてないみたいじゃんか。ぼくはまじめにいっているんだぞ。ぼくのとなりには、イリパップがいるんだ。黄色いチューブをとおって《シマロン》に侵入し、シントロニクス結合体に自分の名前を教えたのは、こいつだよ」

「きみの出番だな」レジナルド・ブルはヴェエ・ユィイ・リィを指さしていった。

首席技師は探知装置を適切に配置した。アンテナ・フィールドは、コーボルトが立っているまさしくその場所に向けられている。ブルー族はすばやくキイボードを操作し、何度か調整をおこなったが画面にはなにもうつしだされなかった。

「そこにはなにもない」ヴェエ・ユィイ・リィはいった。「失礼ながら、われらが親愛なるネズミ＝ビーバーは悪い冗談をいっている」

「いいかげんにしてくれよ！」グッキーはどなった。「ぼくにはイリパップが見える。きみたちには見えないというのなら、きみたちは目が見えないんだ」

「聞いてくれ、ちび！」ブリーが歯がみしながらいった。「われわれの相談にちゃんとくわわるか、そうでなければ消えてくれ」

グッキーはとほうにくれた。もちろんかれにも、キャビンで自分も最初そうだったように、みんなにはイリパップの姿が見えていないことはわかった。そもそも、こんな現象はまったく考えられないことだった。

なにがまちがってるんだろう？　かれは首を振った。

「ん、ふうん！」ベネカー・ヴリングが咳ばらいした。「もしかしたら、すこしみなさんの力になれるかもしれません。グッキーはうそをついているわけじゃないかもしれない。ちょっといいですか？」

そういうと、ロボット整備スペシャリストはヴェエ・ユィイ・リィのポータブル探知機を指さしながらおもむろに近づいた。

「どうぞ！」と、ブルー族はそっけなく答えた。

ヴリングは、目をうんと細めてコーボルトのいる方向に視線を向け、センサーを数カ所操作した。

「一時的な効果しかありませんが」と、痩せたテラナーは説明する。「グッキーの新しい友をすこし見やすくしてみました。かれは自分の存在を百パーセント消していますが、かれのほんのわずかなからだの動きを利用してフィードバックさせたドップラー効果をつうじて、すくなくとも間接的にかれの存在を証明してみました」

ヴェエ・ユィイ・リィの探知機の主画面に、イリパップの姿がぼんやりと浮かびあった。色はまったくついていなかったが、輪郭は完全に実物どおりだった。画像はぼやけたグレイで、明度がとても低かった。

「悪くない」コーボルトはテレパシーでグッキーにささやきかけた。「こんなことははじめてだ。ハウリ人の技術をもしのいでいる。テル・サム・ケルでさえ、わたしの意に反してわたしを探知することはできなかった」

一同は仰天して探知機の画像を見ていた。

「バーのスツールじゃないか」イアン・ロングウィンがいう。「バーのスツールがどうしたんだ？」

「これは生物ですぞ」ベネカー・ヴリングが訂正する。「バーのスツールは動かない。バーのスツールなら、この操作では探知できない。動かないから。でも、スツールなら通常の方法で探知できる」

「どういうつもりなんだよ」グッキーは腹を立てて地団駄《じだんだ》を踏むと、鳥の脚のようなイリパップの細い脚をつかんだ。

「とくに意味はない」イリパップはふたたびテレパシーでいった。「きみはコーボルトの掟を知らない。コーボルトは目に見えないか、主人にだけ……つまり、いまはきみにだけ……見えるかのどちらかなんだ。コーボルトの姿は複数の相手に見えることはない。知らなかったのか？」

「もちろん、知らなかったさ！　驚いたなもう！」

一同は、グッキーの返事だけが聞こえる一方的な会話を黙って聞いていた。

「この痩せこけた二本足は、なんていう名前なんだ？」と、イリパップがたずねる。

「かれにはびっくりだ」

「きみにもな」ネズミ＝ビーバーは答える。「かれの名前はベネカー・ヴリングだ」

「かれのことを〝魔法使い〟と呼ぶことにする。かれはほんものの魔法使いだからな。たとえぼんやりとでもわたしの姿を見えるようにすることができるなんて、魔法使いにちがいない。もしかしたら、かれはコーボルトの主人なのかもしれないぞ」

「そんなわけないだろう！」グッキーが大声を出した。

「なんのことなのか、いつか教えてもらえるかな」レジナルド・ブルはわざと聞こえるようにうめいた。

「すぐに教えるとも」イルトは手ではらいのけるしぐさをしながらいった。イリパップがまたなにかテレパシーで話しかけようとしてきたのだ。

「ほんもののバーのスツールを指摘してくれたのは実に有益だった」奇妙な生物はもっとも高いテレパシー音声でいった。「これから魔法の画像から消えるから、見ててくれ」

数秒後、それは実現した。突然、探知機画面から画像が消えた。

「かれは身体的完全遮断状態に入りました」ベネカー・ヴリングが即座に説明する。「よって、フィードバックさせたドップラー効果による測定のトリックは機能しなくなりました」

「イリパップはまだここにいるよ」グッキーはいった。「歩くバーのスツールはぼくのすぐ横に立って、三つ目でぼくを見つめてるんだ」

ベネカー・ヴリングがふたたびポータブル探知機をいじりはじめ、何カ所か調節した。

「かれはきみのとなりにいる」コーボルトが通常の音声でいったので、突然、中央司令室の全員に聞こえるようになった。全員の顔に、驚きの表情が浮かぶ。

「だが、それももう長くはない。もう二度と、魔法使いベネカー・ヴリングの罠にはかからない」

突然、奇妙な生物の姿はグッキーの目にも見えなくなった。かれを探知することは、ロボット整備スペシャリストにもできなかった。

ネズミ＝ビーバーは、自分が体験したことを友たちに話して聞かせた。イリパップとの奇妙な遭遇について、一言一句そのままに報告した。最初、レジナルド・ブルらは黙って聞いていたが、そのうちいらだたしげに首を振った。

とうとうブリーがいった。

「わかった。きみの話を信じよう。ベネカーが画面上に出してくれた画像を見て、最終的に納得した。だが、唯一重要なのは、われわれの推測がまちがっていたことだ。わたしは、ハウリ人が不気味な敵を《シマロン》船内に送りこんだのだと思った。もしかしたらそれが事実である可能性はまだのこっているが、その確率は低くなった。だから、あらためて本題に集中することにしよう」

「バーのスツールはいまどこにかくれているんだろう」と、ヴェエ・ユィイ・リィがたずねる。

グッキーもベネカー・ヴリングもそれには答えられなかった。

「ハウリ人のコーボルトか！」イアン・ロングウィンがうめいた。「わたしのばかばかしいもののコレクションにも、こんなやつはまだ入ってなかった」

4

その後、イリパップからはなんの音沙汰もなかった。レジナルド・ブルと同行者たちは不安を払拭《ふっしょく》できなかった。ネズミ＝ビーバーがみんなをおちつかせようとしたがむだだった。グッキーは、ハウリ人のコーボルトは無害なやつだとかたく信じていた。

ついに、ブリーが主導権をとりもどして発言した。

「ハウリ人はさしあたってショック状態にある」と、かれはいった。「かれらはわれわれの位置を把握しているが、攻撃には出られないでいる。それに、《ソロン》や《マイ＝キ》には気づいていない。時空断層のなかは安全だとかれらは思いこんでいる。これはわれわれにとって強みだ。この強みをとことん利用しようと思う。それから、《ウリアン》を破壊されるかもしれないという不安も利用できる。かれらはわれわれの武器の威力を体験している。われわれがかれらの神聖な場所《ウル・アム・タロク》を木《こ》っ端《ぱ》微《み》塵《じん》にできることを知っているのだ。だから、かれらは攻撃してこない。だが、われわれは攻撃する。予告したうえで宇宙ステーションのさまざまな区域に攻撃をしかけ、かれらが時空断層のなかでなんとしてでも守ろうとしているものがなんなのかを見さだめたい」

「カエルを池からおびき出すものは」と、中央司令室にもどってきていたララがいった。「ほかのおおぜいのカエルに道を空けてやることになる。ひいひいおじいさんの古いアフリカの格言よ」

「きみがその格言で」と、ブリーがにやにやしながらいう。「われわれの何人かが《シマロン》の外に出れば、われわれは自分で自分の力を弱めることになる、といおうとしているのなら、的はずれとはいえない。わたしが想定しているのはごく少人数のコマンド部隊だ。指揮はわたしがとる。なにもしないで待っていてはだめだ。それは停滞を意味する。それではハウリ人を利するだけだ」

「そのとおり！」ベネカー・ヴリングが背後からいった。

「ハウリ人に行動の法則を押しつけてやらなければならない」と、レジナルド・ブルは言葉をつづける。「それはべつにして、カエルといっしょに偵察にいくつもりはない」

副操縦士はまた奇妙な格言をくりだそうとしたが、ブルはきっぱりした手つきで彼女に黙っていろと伝えた。

「問題はふたつある」と、かれはいった。「《ウリアン》の中心に突き進むつもりだ。《シマロン》のセンサーによって突きとめられたところによれば、そこにパラトロン・

バリアに似た最強の防護バリアがあるからだ」

「じゃあ、あなたは」と、イアン・ロングウィンが持ち前の皮肉な口調でいう。「もっとも到達がむずかしい場所をめざすわけですね。実に論理的だ」

「わたしがめざすのは、もっとも多くの情報が得られる場所だ」レジナルド・ブルは冷静にいった。「論理的に考えて、ヘクサメロンの門徒たちは自分たちのもっとも重要なエリアの防御を最大限に固めるはずだ。だから、そこに行かなければ、《ウリアン》の意味と目的を知ることはできない」

「サルが日陰をもとめてヤシの木の下にすわると」と、ラランド・ミシュコムが口をはさむ。「ヤシの木から熟れたココナツが落ちてきて、サルの頭をこなごなにしてしまう。古いアフリカの格言よ」

「きみは《シマロン》にのこればいい」格言の裏の意味をさとってブリーがいいかえす。「第一の問題は、コマンド部隊の安全確保だ。武装する必要がある。ハウリ人は確実にこちらを監視しているから、攻撃してくるだろう」

「じゃあ、ぼくの出番だな」と、グッキー。

「もちろんだ！　あとは、戦闘ロボット数体と屈強な男たちを数名。それから、常時連絡がとれるようにし、なにかあった場合にはすぐに控えの人員が出動できるようにしておく必要がある」

「Aロボ、Bロボ、Cロボ、Dロボの四体のロボットが待機しています」シントロニクスが報告する。「有機体の戦士としては、ダナ・ア・ダイヌとエフレム・ハイライスカイの二名を推薦します。両名は戦闘ロボットのとりあつかいに熟練し、なおかつ精神的に安定しています」

イアン・ロングウィンがうめいた。「もうすこしましな提案はないのか？」

「了解だ！」ブリーは首席操縦士の言葉を無視して手短かにいった。「かれらに、搭載艇《CIMデルタ》に向かえと伝えてくれ。次に第二の問題だが、われわれの安全確保とならんで重要なのが、技術的調査だ。宇宙ステーション《ウリアン》の目的を究明しなければならない。有能な技術者が一名必要だ」

「わたしがいく」ヴェエ・ユィイ・リィが即座に名乗り出る。「複数の技術システムを搭載した作業ロボットを一体連れていく。論理システム、探知装置、複数の通信接続、エネルギー測定装置、防護バリアが必要になる」

「了解！」レジナルド・ブルが答える。「われわれには最強の防御を提供してくれるセラン防護服があるが、小型転送機も役にたつかもしれない。退避に一秒を争う事態にならないともかぎらんからな」

「それも持っていくことにする」ブルー族がいった。

「ひとり忘れていますよ」ロボット整備スペシャリストのベネカー・ヴリングが後方か

らブリーに歩みよった。かれは細い人差し指を伸ばすと、ブリーの肩をかなりぶしつけにとんとんとたたいた。「わたしですよ。わたしが必要になることがあるかもしれない。それに、わたしはもう三時間も前からこのミッションに自発的に参加しているんです」

　ブリーは一瞬あっけにとられ、不安な表情をのぞかせた。だが、痩せたテラナーの大きすぎる目にまっすぐ見つめられると、かれはすぐに心を決めた。ブリーは、ヴリングがあの奇妙なイリパップの姿を部分的にせよ可視化してみせたことも思いだした。

　それに、ベネカー・ヴリングはなんでも知っている男という評判だ。こういうタイプは使えるかもしれない。

「了解！　人員六名とロボット四体だ」と、かれはいった。「それで充分だ。出動の準備をしてくれ。十五分後に《ＣＩＭデルタ》で出発する。イアン、派遣予備軍をととのえてくれ。搭載艇をもうあと四隻、すぐに発進できる状態にしておいてほしい。スペース＝ジェット二機もだ」

「了解」

「まだある」と、レジナルド・ブルが補足する。「ニッキ・フリッケルとオーグ・アト・タルカンは眠っていないと思う。かれらの状況は比較的安全だが、われわれがどうなったのかを心配しているだろう」

「恒星サプライズのコロナからこちらのようすを見ることはできなかったでしょうか

ら」イアン・ロングウィンはしずかにいった。「かれらはこちらに連絡をとってくるでしょう」

「心の準備はいいか」ブリーはすでに出動モードに入っている。「さあ、がんばろう！」

「人員六名とロボット四体ってか」テレパシー・ベースのぴいぴいというちいさな声がグッキーに聞こえた。かれには、その声がどこから聞こえてくるのかはわからなかった。ベネカー・ヴリングが落ちくぼんだ目でかれを凝視している。「ブリーと名乗っている男は数も数えられないんだな。コーボルトを一名、忘れているぞ」

イルトはこの情報を自分ひとりの胸にしまっておいた。

＊

レジナルド・ブルはこれまでダナ・ア・ダイヌと面識はなかった。会ってみると、この黒髪の火星人は身長わずか一メートル六十二センチ、柔和な顔をした、華奢《きゃしゃ》といっていい女性だった。年齢は三十歳から四十歳くらいだろうか。薄い唇が、彼女が多弁な人間ではないことを暗示している。ブリーとの挨拶も、右手をそれとなくあげ、すこしほほえんだだけですませる。

セラン防護服のうえに、ちいさなポケットがたくさんついた、幅のひろいベルトを締めているのが印象的だ。

エフレム・ハイライスカイは身長二メートルのがっしりした戦士だ。ブリーの前に出たとき、かれはすでにセラン防護服を閉じていたが、筋骨隆々ぶりは防護服のうえからも明らかだ。

レジナルド・ブルは、《ＣＩＭデルタ》の推進システムを作動させようとした。だが、コンソールに近づこうとするかれを、エフレムがそっとわきへ押しのけた。

「わたしがやります、ボス」と、かれは野太い声でいった。「あなたにはもっと重要な任務があります。シントロニクスがわたしをこのコマンド部隊のメンバーに選んだのには理由があります」

エフレム・ハイライスカイは《ＣＩＭデルタ》を《シマロン》の胴体部から誘導すると、この亜光速の搭載艇を時速二千キロメートル強まで加速させた。だが、それ以上のスピードを出すことは不可能だった。乱立する柵に注意しなければならなかったからだ。だから、中心部分に到達するには優に二時間かかるだろう。

ヴェエ・ユィイ・リィは、その時間を利用して《シマロン》との通信接続を点検した。《シマロン》との距離が開くにつれてすぐに明らかになったことは、宇宙ステーション《ウリアン》の散乱フィールドが通信をひどく妨害しているということだった。千キロメートルほどはなれたところで、通常電波による接続が切れた。ハイパー接続はたもたれたが、ひどく乱れていた。

ハウリ人が攻撃してこないことにはもうだれも驚かなかった。この小型搭載艇が監視されていることは確実だったが、それについてはなんの成果もなかった。

飛行中、探知システムはずっと作動していた。収集されたデータはすべて、即座に《シマロン》に伝送され、そこで八台の大容量シントロニクスがハウリ人の宇宙ステーションのより正確な画像の作成を開始した。

《ＣＩＭデルタ》が目標区域に接近したとき、最初の成果があった。《ウル・アム・タロク》中心部に、直径五千五百キロメートルの円形の区域が完成していたのだ。だが、これは柵が機械類やユニットで完全に満たされたことを意味するわけではなかった。

ここでも、さまざまな区域のあいだに、なにもない広大な空間がひろがっていた。だが、エネルギー散乱線の測定や光学的画像の分析からは、秩序立った完結したシステムであるという印象が明確に感じられる。

だから、なにもない空間は、発着する宇宙船の通り道なのだ。

これに対して、宇宙ステーションの外郭区域には、柵以外まだなにもない広大な領域がひろがっている。サプライズⅢからやってくる運搬船が遠くから何度か確認できた。原料や、特定不能の機械類やユニットの部品をこの区域へと運んできたのだ。

《シマロン》のシントロニクスは、《ウリアン》はすでに部分的に稼働可能な状態にあると結論づけた。だが、この巨大構造物の目的はやはり謎のままだった。

レジナルド・ブルは、《CIMデルタ》を停泊させる場所を決めた。十キロメートル四方の空きスペースのまんなかで、太さ百八十メートルの柵の棒が三本交差している。空洞探知機の表示は、そのうちの二本が中空であることをしめしている。その内部で軽いエネルギーの流れが脈動している。探知機は、それを輸送フィールドと解釈した。

だが、その解釈が正しいかどうかはわからない。

だから、柵は宇宙ステーションのたんなる骨組みというわけではないのだ。多くの結合が固有の機能をはたしているようだった。

「結節個所が弱点だな」ブリーは満足げにいった。「そこにドッキングするぞ。そこに攻撃をしかけることはハウリ人にはできまい。そんなことをすれば、柵の三本の棒を破壊することになるからだ。しかも、そのうちの二本は柵以外の機能もになっている」

エフレム・ハイライスカイは、指定された目標へと《CIMデルタ》を誘導していった。

「やっかいなパラトロン様エネルギー・フィールドがここにはないや」と、グッキーが満足げにいった。「これならテレポーテーションで管の内部に入りこめるぞ」

「おちつけ!」やる気満々のイルトにブリーが警告する。

目標点に到達する前に、《シマロン》からさらなる情報が入った。もちろん、情報はハウリ人に理解できないように入念に暗号化されている。

ニッキ・フリッケルは《シマロン》と間接的に連絡をとっていた。彼女は通信ゾンデを打ちあげ、ブリーの船からの信号をキャッチすることに成功していた。《シマロン》と《CIMデルタ》のあいだで、ほぼ切れ目なく情報がやりとりされていたため、それをキャッチできたのだ。

無人の通信ゾンデは《シマロン》との接続に切りかえたが、《CIMデルタ》側は電波障害がつづいていたためそれに気づかなかった。

ニッキ・フリッケルは《シマロン》の安否を心配していた。イアン・ロングウィンはゾンデに最重要のデータを伝送し、恒星サプライズのコロナにもどるよううながした。さらに、オーストラリア人は通信ゾンデとの通信時間をとり決めていた。二時間ごとにゾンデは《ソロン》をはなれ、《シマロン》と連絡をとることになっていた。

これで、ニッキ・フリッケル、オーグ・アト・タルカンとすくなくともある程度、連絡がとれるようになった。だが問題は、ハウリ人がいつこれに気づき、宇宙ステーションから遠くはなれた恒星近傍で活動するゾンデを撃ち落とすかということだった。

＊

エフレム・ハイライスカイは、《CIMデルタ》を《ウル・アム・タロク》の柵の結節個所に牽引ビームで停泊させた。

「服従の地め」と、グッキーが甲高い声で呼びかける。「いっておくけど、ぼくら、服従する気なんてないからな。おまえの秘密をあばいてやる。必要とあらば、この金属製のくもの巣にいくつか穴も開けてやるぞ」

「ちょっと調べてきてくれ」ブリーはグッキーに呼びかけると、太い管を指さした。「このなかがどうなっているのか」

ネズミ＝ビーバーは即座に反応し、セラン防護服を閉じて作動させるとテレポーテーションしてその場から消えた。

「無事到着」数秒後にはかれの声がハイパー通信で聞こえてきた。通常通信はここでは機能しなかった。「管のなかにいる。ほぼ真っ暗だよ。エネルギー散乱フィールドの発生源は、暗い青色にかすかに明滅してる、七つのワイヤレス・エネルギー導体だね」

「つづけてくれ！」ブリーがうながす。

「このエネルギー導体を安定させてる小型ユニットが、百メートル間隔でならんでるんだ。安定ユニットは、外壁に固定されたプラットフォームにのってる。プラットフォームは管のまんなかにまで達していて、そこで鋭角にとぎれてた。近くには生物もロボットもいない。テレパシーも感じないよ」

「大気は？」

「ハウリ人にとってふつうの組成の大気だね」と、ネズミ＝ビーバーが答える。「すぐにまた連絡する」

　そのあいだに、ブリーは目前に迫った進撃のための準備を進める。エフレム・ハイライスカイとAロボ、Dロボはさしあたって《CIMデルタ》にのこす。かれらは現場で待機する介入予備軍だ。ハイパー通信の周波数が定められる。

　こうして、突入部隊は、レジナルド・ブル、グッキー、ダナ・ア・ダイヌ、ヴェエ・ユィイ・リィ、ベネカー・ヴリング、Bロボ、Cロボで構成されることになった。ブルー族の首席技師が予告どおり自走式に改造したポータブル探知ステーションもいっしょだった。

　ポータブル転送ステーションの携行を、ブリーは最終的に断念した。このような高エネルギー性の混乱のなかで転送ステーションを使えば、予測不能の危険を招くことになりかねない。

「ぼくはいま、きみたちから十八段はなれたところにいる」と、ネズミ＝ビーバーから連絡が入る。「段というのは、安定ユニットがのっている、壁から管の中心に向かってのびているプラットフォームのことだよ。管の断面の半分を占めるプラットフォームと、四分の一を占めるものとがあるみたいだ。ここはすべてが全自動化されてるけど、管の中心よりもすこし外側に、稼働していない反重力システムもあるような気がするな。それ以外は、生物やロボットは見られないし、感じられもしないや」

「柵の棒が交差している個所のほうに移動してくれ」レジナルド・ブルがネズミ＝ビーバーに要請する。

「了解、親父」活躍の場を得てグッキーは生き生きしているようだ。

「すぐに援助にいく」ブルが答える。

「しずかに！」イルトがいう。声の調子だけで、グッキーが緊張していることがわかる。

「ちょっと待ってて」

ブリーと同行者たちはじっとして待った。そのまま二、三分が過ぎた。グッキーのセラン防護服の識別シグナルはちゃんと見えている。だから、接続が切れたわけではない。

だが、イルトは黙ったままだ。

「ステーション内部にいくには、別のルートもあります」と、ベネカー・ヴリングがいう。「柵には通常の入口があります。この近くにも、入口が三つあります」

「どうしてわかったんだ？」ブリーは驚いて振り返り、たずねる。

痩せたテラナーは、《CIMデルタ》の探知機画面を指さした。

「対象物の太い管ではなく、細い隙間がうつるように、周波数をすこし調節しただけです。三本の棒が交差している個所の近くにすくなくとも三つ、入口があります」

レジナルド・ブルが答えようとしたそのとき、ネズミ＝ビーバーの声がふたたび聞こえた。

「みんな、万事オッケイだよ。いま、三本の棒が交差している個所まできて確認した。宇宙ステーション《ウリアン》の土台になっている、中身の詰まった棒は、そのなかの一本だけだ。あとの二本はエネルギーと資材の輸送管さ。ちょうど、一区間が稼働してたんだ。奇妙な資材が十個ほど、猛スピードで流れてったぜ。考えられないくらい高数値の反重力が数秒間働いてたよ」

「新しい調査結果はありがたいが」と、ブリーは答えた。「わたしが知りたいのは、この地獄の管でなにがおこなわれているかじゃない。《ウリアン》の中心部に突き進みたいんだ」

「すぐにきみたちを呼びにいく」グッキーはふたたび真剣な口調になった。「これからぼくがいうことは、とくにブリーには信じられないだろうけどね」

「さっさといってくれ！」

「この交差個所で生物に出あったんだ」ネズミ＝ビーバーはため息をもらし、ひと呼吸置いた。「イリパップだ。あの覚醒したいたずら者、ハウリ人のコーボルトさ。あの三つ目でぼくのことをじっと見るだけで、なにもいわない。テレパシーでもなにも伝えてこないんだ」

「またあの歩くバーのスツールか、勘弁してくれ」ブリーはうめいた。「これ以上われわれのじゃまをしないように、やつをどこかへかたづけてくれ」

「ぼくだってそうしようとしたさ、無精髭《ぶしょうひげ》。だけど、あいつの思考をテレパシーで読むこともできないし、あいつをテレキネシスで動かすこともできないんだ。あいつ、ほんもののコーボルトだぜ。ほんとにそう思うようになったよ」

「こちらは準備万端だ、グッキー。時間がない。もどってこい。《ウリアン》内部に案内してくれ！」

《CIMデルタ》のせまい中央司令室でグッキーが実体化した。かれはヴェエ・ユィイ・リィとダナ・ア・ダイヌに触れるとふたりとともに姿を消したが、一秒後にひとりでもどってきた。次は、ベネカー・ヴリングと戦闘ロボットBロボの番だった。

「気をつけるんだぜ！」ふたたび姿をあらわすと、かれはエフレム・ハイライスカイにいった。「ここにはコーボルトがうろうろしてるんだから」

イルトはレジナルド・ブルとCロボに手を伸ばし、かれらとともに非実体化した。こうして、エフレム以外の全員がふたたび一個所にまとまった。

ブリーは周囲を見まわした。すべてが冷たく、無機質な感じだ。二本の中空の棒が交差している個所のすぐ近くに、側壁から垂直にちいさなプラットフォームがいくつか張り出している。かれらはいま、そのひとつのうえに立っている。

二体のロボットがあたりを照らしている。

重力は働いていない。レジナルド・ブルと四名の同行者たちが上下感覚をたもって冷たい金属板のうえに立っていられるように、セラン防護服のグラヴォ・パックが自動的に人工重力を調節する。

「ここにイリパップがいる」と、グッキーが横を指さす。

「わたしにはなにも見えない」ブルはうなった。「このいたずら者、わたしをわずらわせないでくれ。姿を見せるか、さもなければ消えてくれ」

「やつはきみのいうことなんか聞かないよ」イルトが答える。

「そんなことはどうでもいい。《ウリアン》の次の技術エリアはこっちだ」レジナルド・ブルは交差個所からのびる通路のひとつを指さした。「イリパップなんか放っておこう。さあ《ウリアン》の中心部に進むぞ」

雑音がひどいため、《ＣＩＭデルタ》との通常通信は不可能だった。ハイパー通信のほうは近距離なので問題なくうまくいった。ブリーがエフレム・ハイライスカイに情報を伝える。

「グラヴォ・パックを作動させるんだ」と、指示してから、「いくぞ！」と、いってかれは飛びたった。

グッキーがあとにつづく。

「イリパップは消えちまった」ネズミ＝ビーバーがいう。

テラナー三名、ブルー族一名、ネズミ＝ビーバーと二体のロボットからなる小集団は先を急いだ。

管内部は均一につくられていた。ハーフ・プラットフォームとクオーター・プラットフォームをよけるのはかんたんだった。やや風変わりな飛行のデータをセラン防護服が把握し、着用者を補助した。

七キロメートルほど進んだところで、宇宙ステーション《ウリアン》のこぢんまりしたエリアの前に出た。ロボットの一体が警告を発し、停止信号を出した。

それとほぼ同時に、小集団の先頭にいたレジナルド・ブルは目に見えない障害物にぶつかった。宙を舞うかれをダナ・ア・ダイヌがうまく受けとめ、次のプラットフォームへと誘導した。

外部センサーが轟音《ごうおん》を二度、伝えてきた。突入部隊の前にもうしろにも毒々しいグリーンのエネルギーバリアが燃えあがり、ハンマーの打撃のように大気を震わせた。

進路も退路も断たれてしまった。

ヴェエ・ユィイ・リィとベネカー・ヴリングは血路を開こうと奮闘したが、ブルー族はすぐにその皿頭を振った。

「突破は無理だ」と、かれはあきらめたようにいった。「罠にはまってしまった」

レジナルド・ブルは《CIMデルタ》と通信を試みたが、応答はなかった。ハイパー通信も遮断されてしまっていた。

かれらは立ちつくし、とほうにくれて顔を見あわせた。これまでは万事が比較的かんたんだったが、状況が一変したのだ。

「あいつがいる」グッキーが甲高い声を出した。

「あいつってだれだ」何人かが同時にたずねた。

ネズミ＝ビーバーが答えるより先に、イリパップが姿をあらわした。イルトのいうあいつとはだれのことか、これで全員が理解した。今回、ハウリ人のコーボルトはだれの目にも見えた。クッションのようなからだが上下に揺れている。うえに乗っているちいさな黄色い球がしだいに強く震えだした。

それから、イリパップは笑いだした。笑い声がどんどん高くなって最高潮に達すると、細い四本脚を曲げた。嘲笑のリズムに合わせて、かれは跳ねまわった。

「おまえら、ハウリ人よりもばかなんだな！」と、かれは甲高い声でいった。「どこかへたどり着くつもりなのか？　わたしのよろこびを見てよろこぶがいい！　それをせめてものなぐさめにしてあきらめるがいい！」

ハウリ人のコーボルトはげらげら笑ったあげく、目もくらむような光とともに姿を消した。

レジナルド・ブルは悪態をついたが、イリパップの笑い声にはどこか聞きおぼえがあると思った。

グッキーはとほうにくれていた。

5

かれらが閉じこめられたエリアは、奥行きが三十五メートルくらいあった。管のまんなか近くにまで達するプラットフォームがひとつ、壁から突きだしている。

毒々しいグリーンに輝いている、前後両側のエネルギーバリアの向こうに、戦闘機械があらわれた。横一列にならんで浮遊しているが、まだなにもしかけてこない。なにかを待っているようなその態度は、全権を委任されたハウリ人がもうじきここへやってくることをしめしていた。

およそ十分後、前後両側のエネルギーバリアの向こうにそれぞれ百体以上の戦闘ロボットが姿をあらわした。

「あきらめるしかないな」レジナルド・ブルがいった。「突入はすこし危険すぎたのかもしれない。きみはどんなぐあいだ、グッキー？」

「テレポーテーションはできないよ」グッキーがいう。「あれはパラトロン様バリアだ。はっきりそう感じる。ハウリ人と交渉するしかないんじゃないかな」

その言葉は一同を意気消沈させた。

「押しつけがましいことをするつもりはありませんが」ベネカー・ヴリングがレジナルド・ブルに歩みよりながらいった。「わたしはここまでくる途中、ずっとあるものを落としてきたんです」

「落としてきた？」ブリーの表情は晴れなかった。「なにがいいたいんだ？」

「なにかを落とすことがとてもためになることがあるんです」痩せたロボット整備スペシャリストはウナギのようにからだをくねらせた。「うしろのエネルギーバリアのちょっと向こうに、ダナ・ア・ダイヌのポケットから照明弾を二、三個わざと落としておいたんですよ。照明弾が発火すれば、その衝撃でうしろの毒々しいグリーンのバリアは破られるでしょう」

「それで？」

「この管から出ている側道を探知機で調べておきました。非常にせまい側道で、《ウリアン》の隣接エリアに通じています。入口にロックがかかっていますが、なんとか解錠することができるかもしれません」

「ほかのグリーンのエネルギーバリアはどうするんだ」レジナルド・ブルがたずねる。

「それなら大丈夫」痩せたテラナーはひょろ長い腕を振った。「ここでもあるものを見つけました」

かれは右側のむき出しの壁を指さした。

「なにをどこで見つけたって？」ブリーはいらいらした顔で疑念をあらわにする。

ベネカー・ヴリングがセラン防護服から鋭いビームを発すると、金属壁にまるくスポットライトが当たった。

「あそこに、逆側のバリアにエネルギーを供給するためのエネルギー索があります」と、かれは主張した。「あそこを撃てば、毒々しいグリーンのバリアは消滅します。そうしたら、わたしが照明弾に点火するから、すこしさがってください。細い側道の入口のロックをわたしが解錠するまで、援護射撃をお願いします。入口が開いたら、側道を全速力で走りましょう」

レジナルド・ブルは首を振った。

「きみは、まるっきり頭がおかしいか、わたしが思っていた以上になんでも知っているかのどちらかだな」

前方のエネルギーバリアの向こう側にいるロボットたちが二手に分かれ、そこへ重い放射プロジェクターが姿をあらわした。そのうしろから、数名のハウリ人を乗せた大きな車輛がやってくる。

「さあ、こっちへ！」ベネカー・ヴリングがブリーをうしろのエネルギーバリアのほうへ押しやる。

かれは、大きなプロジェクターやハウリ人たちがならんでいるほうのバリアに向かってなにかを投げつけた。そのちいさな物体が目標に到達するより前に、突然かれが手にした武器からエネルギービームが放たれ、側壁に当たって鋭い音をたてた。

「魔法使いベネカー・ヴリング！」イリパップが小集団のまんなかに突然あらわれ、叫んだ。「地獄！　爆弾！　手榴弾！　何十万匹も悪魔が出てきたような大混乱。かれならできる」ぴいぴいという声がちいさくなった。「覚醒したいたずら者イリパップが手助けすれば、かれならできる」

　ヴリングの放ったエネルギービームは壁に命中し、そこでちいさな爆発を引き起こした。壁から破片が飛散し、四方に浮遊した。同時に、痩せたテラナーはふたつのちいさなリモコンのアンテナを後方のバリアに向け、操作した。

　イリパップは、ハウリ人のロボットが待ちかまえている、毒々しいグリーンのエネルギーバリアに向かって跳ねていった。バリア付近が突然、目もくらむような白い光につつまれた。ブリーとその同行者たちの視力がかろうじてたもたれたのは、ひとえにセラン防護服の保護装置のおかげだった。

　つづいて、ハウリ人のロボットのあいだでそれよりちいさな爆発が何度か起きた。

　エネルギーバリアが崩壊し、溶解した。バリアのエネルギーは消滅した。

　ロボットたちは、四方八方から降りそそぐ閃光を浴びてよろめいた。防護遮断壁になっていたエネルギーバリアが消滅したのを見て、ブリーが反応した。

「撃て！」と、かれはどなった。

　グッキーはテレキネシスを使って戦闘に参加し、混乱をさらに大きくした。かれはつぎつぎと戦闘機械を壁に投げつけた。

　BロボとCロボはただちに砲撃をはじめた。かれらはテラの戦闘ロボットの冷静さとほぼ完璧なシントロニクス・システムの確実さで反応した。多数の戦闘機械がたちまち炎上する。

　もっともめざましい戦いぶりを見せたのは、華奢な火星人女性ダナ・ア・ダイヌだった。彼女の反応はレジナルド・ブルやグッキーよりもすばやい。セラン防護服の戦闘装置をフル稼働させたうえに、ベルトから抜いた武器まで使っている。

　彼女が突然振り向きざま、正反対の方向に発砲した。

　そちらのグリーンのエネルギーバリアは、すでにハウリ人によって解除されていた。だから、かれらの巨大プロジェクターの放射をさえぎるものはなにもなかった。ダナ・ア・ダイヌは放射バスケットの開口部めがけて突進し、セラン防護服のベルトについているポケットからちいさな物体をすばやくとりだすと、それらをプロジェクターやハウリ人や戦闘ロボットに向かって投げつけた。

「こっちだ！」イリパップは戦闘の騒音にも負けない金切り声でそう叫ぶと、逆の方向に走りだした。「ダナならできる」

レジナルド・ブルはイリパップのあとにつづいた。グッキーはテレキネシスとブラスターを同時に使ったあと、テラナーを追った。

ヴェエ・ユィイ・リィは皿頭を引っこめ、探知機やセンサー類を引きずっていった。

つづいて、ハウリ人のプロジェクターがあった場所ではげしい爆発が起こった。そして、まさにその瞬間、ダナ・ア・ダイヌもちょうどそこにいた。

ブリー、グッキー、ベネカー・ヴリング、ヴェエ・ユィイ・リィ、それに二体の戦闘ロボットのBロボとCロボは、強力な圧力波にふきとばされた。

四名が死をまぬがれたのは、ひとえにセラン防護服を着用していたおかげだった。だが、BロボとCロボはハウリ人のロボットに激突し、爆発してしまった。

ダナ・ア・ダイヌには生命反応が見られなかった。

「とまれ！」次のプラットフォームが見えてきたとき、ベネカー・ヴリングが叫んだ。

イリパップがすでにそのうえで跳ねまわっている。

「ここに細い側道がある」ロボット整備スペシャリストがあわただしくいう。「ドアを開けるのにしばらく時間がかかる。われわれの身の安全を確保してくれ」

「われわれの？　だれのことだ？」プラットフォームに降りたったブリーがたずねる。

「わたしときみのことだよ！」ハウリ人のコーボルトが甲高い声でいった。「まぬけなハウリ人のことじゃない。コーボルトの魔法使いはじきにやってのける」

そういうと、イリパップはふたたび姿をかくしてしまった。

ベネカー・ヴリングはまず、ヴェエ・ユィイ・リィの機械類を操作した。ヴェエ・ユィイ・リィはあっけにとられて黙ってそれを見ていた。それから、ヴリングはその細い指で金属製の側壁に触れた。かれはなにやらぶつぶつとつぶやきつづけ、ぱさぱさのブロンドの髪はさらにはげしく逆立った。

壁に隙間ができた。

ブリーとグッキーは、セラン防護服に搭載されたあらゆる武器システムを駆使して、ハウリ人のロボットの追撃をくいとめている。

イルトはテレキネシスを使って敵ロボットを空中に舞いあがらせ、たがいに衝突させた。だが、ロボットの数がとにかく多すぎ、決定的勝利を得るにはいたらなかった。

ベネカー・ヴリングは壁にできた隙間にヴェエ・ユィイ・リィを引っぱりこみながら、ブリーとイルトに、あとにつづいてくれと叫んだ。二名は発砲しながらその要請に応じた。

「このなかを進むんだ！」痩せたテラナーは、直径数メートルの暗いトンネルのなかを指さした。「やつらがすぐに追いついてこないように、わたしがロックをかける」

ブルー族は走りさった。グッキーはレジナルド・ブルのわきへテレポーテーションすると、いっしょに短距離をジャンプした。ベネカー・ヴリングはすでに側道の壁ぎわに立っていた。かれがなにをしているのかは暗くてよく見えない。ちいさなコンソールを操作している。

　主道への出口がひとりでに閉じた。ヴリングがセラン防護服の飛翔装置を使ってやってきた。

「われわれを《ＣＩＭデルタ》にもどしてくれ！」ブリーはイルトに要請した。

「できないんだよ」イルトが答える。「ぼくら、パラトロン様バリアにつつみこまれてるんだ。さっきもジャンプしてみようとしたんだけど……」

　かれはそこで言葉を切った。

「やすめるのはほんの一瞬だ」ベネカー・ヴリングがいった。「ハウリ人はすぐにロックを破るでしょう。わたしはかれらの装置をほんのすこしいじっただけだから。かれらはあなたの目的にも勘づいているにちがいない」

「ダナ・ア・ダイヌを失ってしまった」ブリーがいう。

「ＢロボとＣロボも」痩せたロボット整備スペシャリストが答える。不思議なことに、ヴリングは火星人女性の死についてはなにもいわなかった。そして、奇妙なことをいいだした。

「残念ながら、いまはどちらがより価値があったか考えている時間はない」

ブリーはその言葉を非人間的だと感じたが、なにもいわなかった。そこにまったくべつの意味がかくされているかもしれないと思ったのだ。

「ハウリ人は先まわりしているにちがいない」と、ベネカー・ヴリングはいった。「ひとつ提案してよければ……」

「どうするか決めるのはわたしだ！」レジナルド・ブルはぴしゃりといった。「ハウリ人が待ちうけているからこそ、わたしはあらたな切り札を出す。もどるぞ。戦闘がおこなわれた場所にもどる。われわれがもどってくるとはハウリ人たちは思っていまい。グッキー、先にジャンプして状況を探ってきてくれ。管内部でのテレポーテーションならおそらくできるはずだ」

「そりゃそうだ！」イルトは甲高い声で答え、消えた。

ベネカー・ヴリングはなにもいわなかった。かれがなにか目に見えないものをなでていることに、だれも気づかなかった。

＊

ネズミ＝ビーバーが帰ってくるのを三名いっしょに待っているあいだ、レジナルド・ブルは考えにふけっていた。ダナ・ア・ダイヌの死をかれは深く悲しんでいた。矢継ぎ早に展開する戦闘のなかで、かれはふと、あの小柄な女戦士は自分の意志で自分の身を犠牲にしようとしていると感じたのだが、あっという間の出来ごとで、かれにはどうしようもなかった。

それが経験豊富なテラナーには気にいらなかった。それに、ベネカー・ヴリングがときどきどんな行動をとるべきか押しつけてくることにもいろいろと思うところがあった。一方では、この痩せたテラナーは非常に有能で、これまでとてもたよりになった。ヴリングがいなかったら、いまごろはとっくにハウリ人にとらえられていたか、殺されていただろう。

だがその一方で、ブリーは指揮権を奪われるのをよしとしなかった。それに、自分に理解できない技術的トリックをヴリングが使用するのも、あまり気にいらなかった。何度か、本当に魔法のように見える場面があった。あの奇妙なハウリ人のコーボルトはロボット整備スペシャリストのことをなんと呼んでいたっけ？

魔法使い、だ！

魔法使いというのは、この冷静な男にはいささか曖昧《あいまい》すぎる呼び名だ。ベネカー・ヴリングについて考えるにつれて、そして、ひとつひとつの場面を思いだすにつれて、ブリーは、この男にはどうもおかしなところがあると確信するようになった。

だが、どこがおかしいのだろう。《シマロン》には身元が百パーセント確実な乗員しかいないはずだ。

ベネカー・ヴリングはこの男の本名なのだろうか？

かれは、北米大陸の旧ニューイングランド地域出身だといったことがある。実際、かれにはすこし、旧ニューイングランド出身者特有のなまりがある。

ブリーは《シマロン》船内ではじめてかれに出あった。ブリーは何度か、かれがちょうど自分を探しているところだったのではと感じたことがあった。ヴリングは呼ばれてもいないのに中央司令室にやってきては、独特の不器用な態度でぶしつけに会話に割りこんでくることもよくあった。

ヴリングは謎めいた男だ。それとも、わたしがそう思いこんでいるだけなのか。技術的な事柄について、ヴリングは驚くほどよく知っている。ヴェエ・ユィイ・リィでさえあきらめるような事態でも、かれはつねに打開策を見つける。

レジナルド・ブルはベネカー・ヴリングに近づいた。

「よくやってくれた」かれは率直な感謝をこめていった。「きみの知識量は尋常ではない。どこでどうやってそれだけの知識を仕入れたのか教えてもらえないか」

ロボット整備スペシャリストはほほえんだ。

「わたしは自分の目と耳をいつも研ぎすましてきました。それだけです。それ以上、話すことはありません。わたしもあなたに、どこでどうやってそれだけの経験を積んだのかとは聞きません」

テラや隣接世界における人間関係はたしかに二千年前からフラットになっている。率直なものいいは歓迎されている。銀河系諸種族はこの傾向に同調した。誠実さと正直さのほうがうそや陰謀よりもだいじだとかれらも認識したからだ。

それでも、ブリーはベネカー・ヴリングの返事を生意気だと感じた。この男は有能だが図々しすぎる。

「ずいぶんと、えらそうだな」と、レジナルド・ブルは笑った。「それはきみの勝手だ。だが、もうすこし忠誠心を見せてもらいたいものだ」

「それはもうしわけありませんでした」ベネカー・ヴリングは答えた。「グッキーがわたしの思考を嗅《か》ぎまわろうとしていることに気づきましたが、その試みはうまくいきませんよ。わたしはテラとアクアで精神安定化措置を二度経験しています。わたしはその措置に非常によく反応しました。自分自身の人格はわたしにとって、ヘクサメロンの門徒の六日間教義よりももっと神聖なものです。それが気にいらないのなら、わたしのほうでも、すぐにでもあらゆる活動を停止する用意があります」

「そんなつもりでいったわけじゃない」レジナルド・ブルは譲歩した。「きみにはどこか謎めいたところがある。その謎を解いてみたいと思った。そのことと、きみがわれわれ全員を大いに助けてくれたこととは無関係だ」

「われわれ全員を？」痩せたテラナーはけげんな顔でいった。「われわれはダナ・ア・

ダイヌと二体の貴重な戦闘ロボットを失った。われわれはまだ四名います。あなた、グッキー、ヴェエ、わたしの四名です。わたしはしがないロボット整備スペシャリストにすぎませんが、あなたをあらゆる意味でささえています。それがあなたの気にいらなくても、わたしはハウリ人に殺されはしません。わたしはテラナーだ。だから、戦う」

レジナルド・ブルは顔をゆがめた。不安にさいなまれていることがその表情にあらわれている。

「そんなつもりでいったわけじゃない」と、かれはベネカー・ヴリングをなだめた。「きみにはわたしの理解力をこえる能力と知識がある。疑問をはっきりさせておきたい。でなければ、宇宙ステーション《ウリアン》への進入をいますぐにでもやめにしよう」

「あなたはそんなにかんたんにあきらめたりしない」ヴリングは首を振りながらいう。「わたしは技術的なことにかけてはひとよりもすこしくわしい。異人のシステムもすぐに理解できます。わたしは役にたつ。だから、端からそんなに神経質に考える必要はないじゃないですか」

ブリーは身ぶりで不同意をしめした。ベネカー・ヴリングからはっきりした返事を聞くことはないだろう。だが、一点おぼえておこう。《シマロン》が《ソロン》と《マイ＝キ》とともに時空断層を脱出できたら、ネーサンにまず、この痩せたテラナーの正体について質問しよう。これははっきりさせておかなければならない。

そのとき、テラナーはイリパップについては深く考えなかった。よく考えもせず、かれは、歩くバーのスツールをののしった。

「おまえの正体をあばいてやるからな」レジナルド・ブルは首を振った。「いますぐここでというわけにはいかないかもしれないが」

「うむ」と、ベネカー・ヴリング。

ブリーにははっきりわかっていることがひとつあった。通常宇宙に無事帰還できたあかつきには、重要なのは戦友や銀河系住民の情報だけではない。さっきもいったが、ベネカー・ヴリングの正体も調査させなければ。

まずは、宇宙ステーション《ウリアン》の目的を解明しなければ。しかるのち、時空断層から脱出しなければならない。レジナルド・ブルの行く手には、ふたつの難問が立ちはだかっている。

グッキーがもどってきて実体化した。

「ハウリ人たちは戦闘区域から撤退したよ」と、かれはいった。「でもね、まだ清掃ロボットがおおぜいうろうろしてるんだ。あそこにもどるっていうブリーの計画は、うまくいかないね。こっから次の区域までは二キロメートルしかないし、敵もいないみたいだぜ」

「それはすばらしい！」ブリーが口をはさむ。

「この管の端にあるプラットフォームを偵察してきたよ。そこにハウリ人はいない。きみたちをそこまでテレポーテーションしようか。角を曲がらなきゃならないから、一回の移動につき二度、ジャンプする必要があるんだけどね。通路はすべてパラトロン様バリアでおおわれてるけど、管を通りぬけることはできるんだ」

「了解」レジナルド・ブルが反応するより早く、ベネカー・ヴリングが答える。「わたしのささやかな探知結果も、きみの提案の正しさを裏づけている」

「探知していたのか？」ヴェエ・ユィイ・リィがたずねる。

「もちろん！」瘦せたテラナーは答える。「わたしが昼寝していたとでも？」

「もうひとつ聞いてよ」ネズミ＝ビーバーがふたたび声をあげた。「ぼくはこのチューブ・システムの外に出ることはできないし、ハウリ人の思考を読むこともできない。未解決の謎がたくさんあるんだ。この時空断層には歯が立たないって感じなんだよ。でも、これからきみたちを移動させようと思っているハーフ・プラットフォームは、ほぼからっぽだ」

「ほぼ？」と、レジナルド・ブルがおうむ返しにたずねる。

「そう、ほぼからっぽ。うろうろしているやつが一名いるんだ。イリパップ、またの名を覚醒したいたずら者。そう、ハウリ人のコーボルトだよ。あいつがぼくらを待ってるってわけさ。ハウリ人たちにひどいいたずらをしてやるんだといってる」

「イリパップはわれわれの味方なのか?」ブリーがたずねる。

「まあ、そうなんじゃないかな」ネズミ＝ビーバーの言葉に確信は感じられない。「ぼくにとって、イリパップもちいさな謎なんだ」

「それは忘れよう」ブリーは一センチ大きくなった。「われわれをそこまでテレポーテーションしてくれ」

「了解」イルトはベネカー・ヴリングとヴェエ・ユィイ・リィに触れ、かれらとともに消えた。

そして、一秒とたたないうちにもどってきた。

「いっておくことがもうひとつあったよ、ブリー」かれは甲高い声でいった。「ここではぼくは思いどおりに動けない。いまいましいエネルギーフィールドのせいだ! だけど、コーボルトの思考をひとつ読みとれたんだ。かれはぼくを新しい主人として望み、受け入れた。だけど、いまかれは昔の主人にあいたがっている。テル・サム・ケルという名のハウリ人にね」

「そんなことはどうでもいい」レジナルド・ブルはネズミ＝ビーバーの手をとった。

「ヴェエとベネカーのところへ連れていってくれ」

「旧友よ、了解だ」

グッキーはテレポーテーションした。

6

プラットフォームでイリパップと出あうだろうというネズミ＝ビーバーの予告は、レジナルド・ブルにとっては実現しなかった。奇妙な生物は、自分の姿をふたたび目に見えないようにしてしまったか、本当に姿を消してしまったのだろう。グッキーもイリパップのことには触れなかった。

　ブリーフィングを手短かにすませると、ブリーはあらためて《ＣＩＭデルタ》との通信を試みた。すると、エフレム・ハイライスカイが応答した。通信は静電ハイパーフィールドによってひどく妨害されていたが、ブリーは、これからどこへ向かおうとしているかをエフレムに伝えることができた。

　エフレムは、引きつづき警戒しますといい、いまのところ《ＣＩＭデルタ》は異状なしと報告した。

「出発！」と、レジナルド・ブル。「グラヴォ・パックを作動させろ。グッキーのテレポーテーションにはたよらないことにする。《ウリアン》の一区域をゆっくり見てまわりたいからだ」

四名は進みはじめた。セラン防護服の投光器が照明がわりだ。

ヴェエ・ユィイ・リィはポータブル探知機を背中にしょっている。細長いコンソールは、左わきの下に留め金で固定されていた。ブルー族は数秒ごとに表示とちいさな画面に目をやっている。

ブリーは識別信号によって《ＣＩＭデルタ》との接続状態を維持した。エフレム・ハイライスカイは七秒に一度、情報内容がふくまれないインパルスを発出した。位置が特定されるのをできるだけ避けるため、セラン防護服が応答するのは一分間に一度だけだ。

「このいまいましいエネルギーバリアさえなけりゃあいいのに」と、グッキーがこぼす。

「なんか締めつけられている感じがするんだ」

「閉所恐怖症なのか？」ベネカー・ヴリングがにやにやしながらいう。「きみは閉じこめられているが、この状況を変える手立てはある。パラトロン様バリアを解除すればいいだけだ」

「きみにそれができるの？」

「とにかくやってみることだ。ちなみに、管をつつみこんでいるエネルギーフィールドには、われわれにとって大きな利点がある。そこから出る散乱線のせいで、ハウリ人はわれわれの位置を特定できないのだ。われわれがどこにいるのか、かれらにはわからない。柵のこの部分にもどるというブリーの決断は正しかった。ハウリ人たちは、われわれがまだあのせまい側道にいると思いこんでいる」

短い会話はここでとぎれた。四名はスピードをあげ、ひろいシャフトをすべるように進んでいった。機械類がのったハーフ・プラットフォームの間隔がひろくなった。だが、規則的にならんでいることには変わりなかったので、移動に支障はなかった。

「とまれ！」突然、ブルー族が叫んだ。「エネルギーレベルが急上昇している。輸送フィールドが発生するぞ。わきへよけよう」

かれらはもよりの側壁に身をよせると、小プラットフォームの下に降りたった。セラン防護服が自動的に人工重力の向きを逆転させたので、それまでうえだった方向がしたになり、かれらの足はプラットフォームの金属表面を床面と感じるようになった。

「これは反重力フィールドだ。強力な輸送フィールドかなにかだ」と、ヴェエ・ユィイ・リィが説明する。「ハウリ人はこの管を通してなにかを送っているんだと思う」

数分後、直方体の物体が三つ、しゅーっという大きな音をたててつぎつぎと通過していった。コンテナのようだったが、中身はわからなかった。その後まもなく、輸送フィールドは崩壊した。

「いいぞ」レジナルド・ブルはブルー族をほめた。「つまり、このチューブは宇宙ステーション《ウリアン》内の物資の輸送にも使われているというわけだ」

「だから、二時間前にそういったでしょうが」明らかにばかにしたような口調でベネカー・ヴリングがいった。「だが、だれもわたしのいうことを聞いていないのなら……」

「口論しているひまはない！」ブリーが語気鋭くいった。「前進するぞ」

「大宇宙の救世主が先に偵察しにいってもいいんだけど、どう思う？」グッキーがたずねる。

「ここにいてくれ！」と、テラナー。「いっしょに進もう」

暗いシャフトのなかをすべるように進んでいくあいだに、《CIMデルタ》からの信号はふたたび微弱になり、ついには完全にとぎれてしまった。だが、ヴェエ・ユィイ・リィがここはエネルギーバリアがとくに強い場所だといったので、ブリーは通信がとだえたことをたいして気にしなかった。

「輸送フィールドがふたたび活性化している」と、ブルー族がいう。「またなにか運ばれてくるぞ」

かれらは次のプラットフォームに避難したが、今回はその〝上面〟を選んで降りた。ベネカー・ヴリングはすぐに、そこにある装置をいじりはじめた。それは、直径およそ二十メートル、高さ三メートルのシリンダー型の装置だった。上面にはパラボラアンテナのような巨大な凹面鏡がそびえ立っている。

三十秒後、直方体のコンテナがしゅーっという大きな音をたててふたたび通過していった。ブリーが前進を命じようとしたそのとき、ブルー族が、輸送フィールドはまだ消滅していないといった。

「輸送フィールドに持ってかれちゃうぞ」と、グッキー。

かれらは待つことにした。

突然、ハウリ人のコーボルト、イリパップがみんなに見える姿でレジナルド・ブルの前にあらわれた。ブリー、グッキー、ヴェエ・ユィイ・リィ、ベネカー・ヴリングのまわりを、興奮して跳ねまわっている。

「やつらがくる！」と、甲高い声でいった。その声には恐怖とパニックがあらわれている。

「いますぐ消えろ！」レジナルド・ブルがどなった。

だしぬけに、イリパップはげらげら笑いだすと、シャフトの輸送フィールドのなかに飛びこんだ。かれは輸送フィールドに巻きこまれ、暗闇のなかへと消えていった。

レジナルド・ブルは悪態をついた。

「コンテナがもうひとつくる」ヴェエ・ユィイ・リィが報告する。

箱形の物体が猛スピードで近づいてきた。ブリーは、《シマロン》の首席技師がわきにかかえているスクリーンに目をやった。画面上にエコーがはっきりと確認できる。

「あと七秒で通過する」ヴェエがいう。「それが最後のコンテナだ。管の端までの距離は、二百メートルちょうど」

ベネカー・ヴリングは、いま起きていることにはかまわず、プラットフォーム上の装置を調べつづけている。

コンテナがブリーの視界にあらわれ、小プラットフォームの高さで唐突にとまった。と同時に、ほのかに光る輸送フィールドが消滅した。

不格好な箱形のコンテナが主軸を中心にして一回転したかと思うと、コンテナの側面のひとつがばたんという大きな音をたててぱっくり開いた。二名のテラナーとイルトとブルー族は、強烈な光に目がくらんだ。セラン防護服がすばやく反応し、強力な光線にフィルターをかける。

すると、ふたつの姿がおぼろげに見えてきた。

それは、赤い戦闘用コンビネーションを身につけた二名のハウリ人の姿だった。

二名は、携行している容器から急いで液体を吸いこんだ。

「〝水使い〟だ！」突然ふたたびあらわれたイリパップが甲高い声でいった。「赤いハウリ人だ。さあスープがこげつくぞ」

奇妙なコーボルトはまた消えてしまった。

水使い、赤いハウリ人か！　惑星アシュカルで赤いコンビネーションを身につけたハウリ人に遭遇していたブリーは、危険が迫っていることをさとった。

二名のハウリ人は、液体の容器を無造作に投げすてた。戦闘用コンビネーションが防護バリアの光につつまれたと思う間もなく、かれらは推進ユニットでハーフ・プラットフォームめがけて突進してきた。

ブリーはぎりぎりのところで同行者たちに警告を発することができたが、ベネカー・ヴリングだけはそれを無視し、わき目もふらずにプラットフォーム上の装置をいじりつづけていた。

*

グッキーはいつものようにすばやく反応した。かれはテレキネシスで二名の攻撃者をつかまえると、おたがいに衝突させようとした。だが、それはうまくいかなかった。ハウリ人たちのからだが防護バリアのせいで反発しあったのだ。テレキネシスのプシオン力でさえ役にたたなかった。

同時に、ネズミ＝ビーバーは、二名のハウリ人から発せられるなにかによって自分が麻痺させられそうになっているのを感じた。プシオン性の防護フィールドかなにかにちがいない。テレパシーでハウリ人の思考を読むことはどのみちほとんどできない。いまや、テレポーテーション能力ばかりか、テレキネシス能力まで消滅しかけている。

レジナルド・ブルは警告なしで二名のハウリ人に発砲した。敵はわずかに後退した。

グッキーは、しだいに衰えていくプシオン力をふりしぼってブルを援護した。

ヴェエ・ユィイ・リィは、後方から戦闘に参加するだけだった。かれは、ロボット整備スペシャリストがまだあれこれいじっている装置のかげに身をかくしていた。ブルー族は戦士ではなかった。ほんの数回、発砲するのが精いっぱいだったし、それもどのみちたいした効果はなかった。

二名の赤いハウリ人の防護バリアはとてつもなく強力だとわかった。ブリーとイルトがセラン防護服のあらゆる装備を使って攻撃しても、エネルギーバリアは持ちこたえた。

一方のハウリ人がもう一方になにか叫んだが、戦闘の騒音にかき消されて聞きとれなかった。かれは攻撃のさなかに向きを変え、ハーフ・プラットフォームの下に姿を消した。のこされたもう一名は、前と変わらないはげしさで戦闘をつづけた。

「気をつけて、ご主人！」イリパップが一瞬グッキーのとなりにあらわれ、ふたたび消えた。

警告は遅すぎた。ネズミ＝ビーバーの横でプラットフォームの鋼の床にひびが入った。ハウリ人がその隙間から飛びだし、イルトに襲いかかった。セラン防護服から炎があがった。

グッキーは必死にテレポーテーションしようとしたが、うまくいかなかった。攻撃者のゆがんだ顔が見えたと思った瞬間、攻撃の衝撃でかれはプラットフォームから側壁に投げとばされた。ネズミ＝ビーバーは床に倒れて動かなくなった。セラン防護服が二名の赤いハウリ人の集中砲火からかれを守っていたが、ぐったりしたグッキーの防護バリアが攻撃者によって破られるのも時間の問題だった。

ヴェエ・ユィイ・リィはとうの昔にシリンダー型の装置の背後に身をかくしている。レジナルド・ブルは二名のハウリ人に発砲したが、状況を変えることはできなかった。

ハウリ人たちはこんどはテラナーに向かってきた。かれらは自分たちにとってネズミ＝ビーバーがもっとも危険だとすばやく感じとったのだろう。次はブリーの番だった。

ブリーはこの戦いに勝ち目がないことをさとった。グッキーは意識不明だ。ヴリングはまともに戦っていない。ブルー族からの援護も当てにできない。命が助かるためにのこされた道はもはやただひとつ、降伏しかない。

「きみたちハウリ人よ、待ってくれ」レジナルド・ブルは、セラン防護服のスピーカーのボリュームを最大値まであげ、叫んだ。「降参する」

そういうと、かれは発砲もやめたが、驚いたことに二名の赤いコンビネーションのハウリ人は反応しなかった。かれらはトランス状態にあるように見えた。かれらの戦いぶりには、衝動洗濯におちいったハルト人を思わせるところがあった。

「逃げるぞ！」かれはブルー族と痩せたテラナーに向かって叫んだ。「グッキーはわたしが連れていく」

それと同時に、かれは《CIMデルタ》のエフレム・ハイライスカイとの通信を試みたが、通信はつながらなかった。

「逃げる必要はない！」知らぬ間に、ベネカー・ヴリングがブリーのとなりに立っていた。かれはブリーの顔の前にちいさな箱をさしだした。上面にセンサーボタンがひとつだけ、ついている。ロボット整備スペシャリストはそのボタンに触れた。

その瞬間、雷鳴がつぎつぎに轟《とどろ》き、管の内部は目がくらむほど明るくなった。この衝撃とともに、ブリーと同行者たちのまわりに白熱するエネルギー壁が形成された。このエネルギー壁は二名のハウリ人の武器にもびくともしないことがわかった。

箱状のエネルギー壁は外側に向かってしだいにひろがっていき、赤いハウリ人をすこしずつ後退させ、ついには管のまんなかちかくにまで追いつめていった。

「気にいった！」イリパップが、姿を消したままけたたましい笑い声をあげた。「魔法使いがやってくれたぞ」

レジナルド・ブルは驚きのあまり声を失っていた。グッキーのほうを見ると、ヴェエ・ユィイ・リィがすでにかれを介抱していた。ネズミ＝ビーバーはしだいにしっかりと立てるようになった。いらいらしたようすで、黙ってあたりを見まわしている。

ベネカー・ヴリングが小箱を回転させた。底面にもセンサーボタンがついている。かれの細い指がボタンに触れた。

管のまんなかに青い光が生じ、それはまたたく間に強さを増し、ひろがっていった。二名の赤いハウリ人は光からのがれようとしたが、追いつかれてしまった。

「ハイパーエネルギー輸送」ベネカー・ヴリングがつぶやいた。「テラの修正がすこしくわわった、ハウリ人の技術」

青いエネルギーフィールドがひとりめのハウリ人をとらえた。かれは悲鳴をあげながら、すさまじい速さで暗い管のなかへ引きずりこまれていった。この吸引力におそらくは自動的に抵抗したのだろう、背中の装置のひとつが大きな音をたてて爆発した。そのハウリ人もしくはその残骸は見えなくなった。暗闇のなか、どこかに消えてしまったのだ。

もう一名のハウリ人はもうすこしうまく立ちまわった。かれは輸送ビームを避けながら、反対側の壁に追いつめられていった。ヴリングが先に発生させた白い箱状フィールドも、かれをそこまで追っていった。

ハウリ人は厚さが数メートルはある壁を焼ききって穴を開け、そこから宇宙空間にのがれようとした。かれは持てる武器のすべてをその作業に投入し、比較的大規模な爆発を引き起こした。

ついに穴が開くと、その穴から漏れでる空気とともにかれは吸いだされていった。気圧が突然急降下するとともに、穴の上下でそれぞれ直近のハーフ・プラットフォームがひとつずつ閉じ、その先の管からその区間を遮断する。

「自動制御です」ベネカー・ヴリングが説明をくわえる。「これによってあらたな問題が生じます」

「なぜだ」と、ブリーがたずねる。

痩せたテラナーはシリンダー型の装置を指さした。「これがもうすぐすべてをこなごなに吹っ飛ばす。わたしが負荷をかけすぎたせいです。時間がない。ここを早く出ないとあぶない。一、二分しかないかもしれない。間に合わなければ……」

かれは手でゆっくりと自分の喉をかききるまねをしてみせた。

*

「わかった」ブリーはうなずいた。「ハウリ人が開けた穴から脱出するのか？」

「いいえ」ヴリングは手ぶりとともに否定する。「それでは興奮剤で能力を増強したあのハウリ人の思うつぼです。それに、宇宙ステーションのなかにいればハウリ人の装置を使って反撃できるが、外に出てしまったのではそれもできない。グッキー、またテレポーテーションしてもらえないか。うえの扉にはエネルギーバリアはない」

ネズミ＝ビーバーは力なく手ではらいのけるしぐさをしてみせた。

「あと半時間は無理だよ。くたくたなんだ。千日間、砂漠の灼熱の太陽にやかれてひからびたニンジンみたいにさ」

白いエネルギーバリアはすでに崩壊している。

「うえへ！」ロボット整備スペシャリストが誘導する。「扉にエアロックがあるかもしれない」

レジナルド・ブルはこの提案におとなしくしたがった。かれはぐったりしたグッキーのからだをつかむと、かれと自分のセラン防護服を連結した。それから、かれらは扉をめざして管のなかを進んだ。

先頭はベネカー・ヴリングだった。

ヴェエ・ユィイ・リィがしんがりをつとめた。

「したに気をつけてくれ、ボス！」ロボット整備スペシャリストがブリーに向かって叫んだ。「赤いハウリ人がまたあらわれるかもしれない」

「ぼくがやるよ、骸骨」そんなことはできそうにない状態にもかかわらず、グッキーが答えた。「したでなにかが燃えはじめているのが見える」

「修正ユニットが爆発するまでに」ヴリングがいう。「もう時間がない。やっぱりエアロックがある。解錠装置はここだ」

かれの指がちいさなふくらみをなぞると、およそ五メートル四方の暗い空間が扉に開いた。

「さあ、なかへ！」痩せたテラナーは叫んだ。

同時に、レジナルド・ブルがどなった。

「あのハウリ人がまたあらわれたぞ！」

赤い戦闘服のハウリ人が、自分が開けた穴からすばやく侵入してきた。八十メートルほどはなれたハーフ・プラットフォームに向かっている。どうやら、自分の位置を確認しようとしているようだ。避難者たちにはまだ気づいていない。

「実にうまくいったな、友人たちよ」姿の見えないイリパップの甲高い声がどこからか聞こえてきた。

「ロック装置だ」ちいさなセンサーフィールドに触れながら、ベネカー・ヴリングはほっとしたようにいった。「ハッチを閉めろ！」

鋼の扉が完全に閉じる前に、シリンダー型の装置が爆発した。この区域の大気はとっくに漏れでてしまっていたので、ブリーと同行者たちは衝撃は感じなかったが、大爆発したことは見れば明らかだった。

「いままでぼんやりと把握できてた、怒りくるうハウリ人の思考が消えたよ」ネズミ＝ビーバーがいった。

爆発の破片が背後の扉に音をたてて衝突したとき、ヴリングはすでに反対側のエアロックを開けようとしていた。今回も、ほんの数秒で開けることができた。

眼前にあらわれた区域は、これまでの区域となんら違いはなかった。しんとしずまりかえっている。投光器で照らすと、百メートルあまりはなれたところにまた扉があるのが見える。

　扉の下側には、さまざまなプロジェクターがとりつけられている。側壁からも、未知の装置が突きだしている。

「あの扉の向こうに宇宙ステーション《ウリアン》の一区域がある」探知機の表示を分析していたヴェエ・ユィイ・リィがいった。「管はあそこで終わっている。あそこに見える装置類は、すべて停止している。さきほどの爆発で自動停止したにちがいない」

「前進！」自信をとりもどしたレジナルド・ブルがうながす。「引きかえす道はない。エフレムとの通信もつながらないしな」

　グッキーがかれからはなれた。

「気分がいくらかましになったよ」と、かれはいった。「赤いハウリ人がまた出てこなきゃいいけど。あいつら、自爆テロ犯か生きたロボットみたいだ」

　あと数メートルというところで、またしても、姿の見えないイリパップの甲高い笑い声が聞こえてきた。

7

管の末端の数メートル手前で、ブリーと同行者たちの眼前に通路が開いた。そこから明るい光が射しこんでくる。人工重力のおだやかな吸引力が感じられるようになった。

「すごいな、ベネカー！」グッキーが驚いていった。「いったいどんな方法でやってのけたんだい？」

「わたしはなにもしていない」ロボット整備スペシャリストが答える。「われわれが近づくと、扉がひとりでに開いたんだ。こういうときのために、自動的に扉を開くセンサーがついているのかもしれない」

「もしかしたら、親愛なる友イリパップのしわざかもしんないね」ネズミ＝ビーバーがいった。本気でいっているわけではなさそうだ。

「それは考えにくい」ヴリングが否定する。「わたしに判断できることではないですが。ハウリ人のコーボルトについてはくわしくないから。安心したいというなら、あいつをつかまえてやる。そしたら、きみたちで問いただしてください」

「安心することはできないだろう」ブリーの推測に全員がうなずいた。「それに、歩くバーのスツールはそうかんたんにはつかまらないはずだ。それより、任務に集中しよう。扉に開いた隙間から出て、前進する！　宇宙ステーション《ウリアン》がどんな構造になっているか、見てみたい」

　かれは速度をあげ、真っ先に開口部にすべりこんだ。ヴェエ・ユィイ・リィ、ベネカー・ヴリング、グッキーがそのあとにつづく。

　あらたな重力の吸引力が感じられるようになった。それまでの重力の方向に対して垂直に働いている。その重力に身をまかせていると、床に足がついた。かれらが入ってきた隙間は、いまはかれらのななめ上に開いている。扉が音もなく閉じた。

　レジナルド・ブルは、いまいる場所を直径およそ二百メートルの円形ホールだと認識した。頭上で、複数の投光器が非常に強い光を放っている。床には、さまざまな色の線でハウリ人のシンボルが描かれている。

　ホールはほとんどがらんどうだった。かれらの向かい側に、さきほどチューブのなかで輸送されていくところを見たのと同じようなコンテナが六個あるだけだった。出口はどこにもないように見えた。

「がっかりだな」赤毛のテラナーはいった。「それとも、われわれは罠に落ちたんだろうか」

だれも答えなかった。なんといったらいいか、みんなもわからなかったからだ。

そのとき、声がした。明らかに人工的な音声で、ハウリ語だった。ドーム状の天井の中心に近い、非常に高いところから聞こえてくるようだ。

「こちら受けとりステーション。分類マシンに告ぐ」と、声はいった。「製品小包が四個、３９４４セクターから到着した。今後の使用について決定するまで、とりあえずＫ−２フィールドに収納する」

「われわれのことだ」と、レジナルド・ブルが推測する。「生まれてこのかた、製品小包などと呼ばれたことはないが」

向かい側の壁が開いた。大昔のフォークリフトそっくりのロボットが四体、こちらへやってくる。四人めがけてまっすぐ進んでくる。

「実に原始的な機械だ」ベネカー・ヴリングがいう。

「おちついて行動するんだ！」ブリーが注意する。「かれらはわれわれの正体を知らない。《ウリアン》のべつの区域からここへ輸送されてきた物体だと見なしているようだ」

「ハウリ人がそんなにばかだなんてこと、あると思う？」と、グッキーが驚いていう。

「輸送路が戦闘で破壊されたことを、とっくに知ってるはずじゃないか。それに、ぼくらが生物であることだってわかっているはずだ」

「驚くほど単純な説明がある」と、レジナルド・ブル。「時空断層に侵入するのはえらくかんたんだった。いっさいじゃまされずに恒星サプライズまで突き進めたし、ハウリ人はわれわれの侵入になかなか気づかなかった。かれらはここを完全に安全な空間だと思っているんだ。ここに侵入することはぜったいに不可能だと考えているため、《ウリアン》の自動制御システムに侵入者の検知機能を装備する必要を感じたことがなかったんだろう。かれらがまちがいに気づくまでには、もうすこし時間がかかるかもしれない。われわれはその時間を利用しなければならない」

　フォークリフトそっくりのロボットが近づいてきて、おのおのが一名ずつ慎重にすくいあげた。どこかちかくで、姿の見えないイリパップの忍び笑いが聞こえたが、ロボットはそれにには反応しなかった。ロボットは〝製品小包〟をかかえてホールを横切ると、コンテナ六個の近くの、印のついた場所のひとつにかれらをおろした。それから向きを変え、きた道を通ってホールを出ていった。

「やつらのあとを追う」レジナルド・ブルはいった。「ベネカー、出口を見つけて開けられるか？　ここは荷物を受けとって保管する場所にすぎない。ここで《ウリアン》の目的を知ることはできない」

「やってみることはできますが」と、技術者はいった。「コンテナのひとつを開けて、中身を調べることもできます。そのほうが早いしかんたんです。それに、ロボットのすぐあとについていかないほうがいい」

ブリーも同意した。ベネカー・ヴリングは、一分とかけずにコンテナのひとつの側面をぱたんと開けてみせた。コンテナはからっぽだった。だが、そのコンテナのまんなかにハウリ人のコーボルトが姿をあらわし、しわがれ声でけたたましくぴいぴい鳴きながら、すばやく飛びだしてきた。円形ホールの壁まで走り着く前に、かれの姿はふたたび見えなくなった。

「あいつ、ぶち殺してやろうか」ブリーがうめいた。「あいつの悪ふざけには頭がおかしくなりそうだ」

「そこまでひどくはないぜ」グッキーが笑う。「ぼかあね、あのいかれたやつはおもしろいと思うけどな。ぼくらの害にはなってないじゃないか」

ベネカー・ヴリングはこのむだ話にかまわず、ヴェエ・ユィイ・リィといっしょに、ヴェエのポータブル探知機を使って周囲の壁を注意深く調べはじめていた。

「ここに出口がある」かれはすぐにいった。「開けてみようか？」

ブリーはうなずいた。

ブルー族は、ちょっと困ったような顔でロボット整備スペシャリストのとなりに立っていた。ヴリングがどれほどすばやく楽々とやってのけたか、よくわかっていないようすだった。だが、後退していく壁を見て、かれも納得した。

「行くぞ！」レジナルド・ブルがうながす。「こっちでもあっちでも同じことだ」

ヴリングが開けた出口から四名はホールを出て、通路に入った。短いその通路の先に、さらに大きなホールがあった。そこも、投光器で明るく照らしだされている。

突然、レジナルド・ブルのセラン防護服がふたたび《CIMデルタ》からの暗号化された信号を受信するようになった。ブルは、エフレム・ハイライスカイとの通信をセラン防護服のシントロニクスにまかせた。《CIMデルタ》からはあらたな情報はなかった。これまでのところ、搭載艇にはなにも変わったことは起きていなかった。

奇妙なこぶがついた、細長い円錐形の物体が大きな輪を描くようにならんでいる。円錐の高さは最大で百メートル。なんらかの機械であることはまちがいないが、その機能は技術者ヴェエ・ユィイ・リィやベネカー・ヴリングにもわからなかった。

「こんなものは見たことがない」ロボット整備スペシャリストは驚いていった。

ホール中央に、膝くらいの高さのものが正方形の床面に配置されている。一見したところ、なにかのミニチュアようだ。ブリーはそれに近づいていった。全員が周囲に目を配ったが、ハウリ人もロボットもそのほかの存在もやってくる気配はなかった。

正方形の大きさは、一辺が十五メートルほど。十六個の同じ大きさの正方形に分割されているが、ひとつひとつの正方形に配置されているものはそれぞれまったく違う。グッキーが、全体をもっとよく見晴らそうとしてすこし高いところを浮遊する。レジナルド・ブルが鋭く口笛を吹いた。驚きをかくすことができなかったのだ。正方形のひとつに、かれらがいまいるホールの正確なミニチュアが配置されていたからだ。

「これは、宇宙ステーション《ウリアン》の十六区域の模型だ」と、テラナーは主張した。「友よ、よく見てくれ。縮小されているからすべての詳細まではわからないが、抜け目のないきみたちになら、なにか指摘できるかもしれない」

ヴェエ・ユィイ・リィとベネカー・ヴリングは正方形のまわりを一周した。かれらは建造物のミニチュアを観察し、縁の正方形のひとつについて集中的に議論をかわす。そこには、見たこともないようなかたちをした機械設備がならんでいる。ブロックの多くが完全に被覆されているため、やはり詳細はよくわからない。ひとつひとつの装置の名称はすべて、略語や記号で書かれている。

「操縦中央指令室だ」四本の金属脚にささえられたガラス製の箱を指さし、ベネカー・ヴリングがいう。そこから太いケーブルとワイヤレス・エネルギー導体がさまざまなブロックへとのびている。そのなかにひとつ、大きさで突出しているブロックがある。

「この装置類の意味と目的はわたしにはわからない。どれもこれも、複雑すぎるし見たこともない奇妙なものばかりだ」ブルー族はあきらめたように首をふった。ベネカー・ヴリングはまだなにもいわない。表情から、なにか必死に考えているのがわかる。何度もメモをとっている。

かれらはべつの正方形を調べはじめた。うえから見ると、さまざまな部分システムや部分システム間の接続がシステマティックに配置されていることが認識できたが、それ以上のことはやはりわからなかった。

かれらはまた次の模型のほうへ歩いていった。

そこはほかとはまったく違っていた。そこにはうす暗い照明しかなかった。詳細を見わけられるようになるには、まずそのうす暗さに慣れる必要があった。

そこに配置されているさまざまなかたちをしたものはすべてアンテナだった。ハイパー通信システムに典型的なかたちのアンテナもあったが、なかには使用目的がわからないアンテナもあった。

「アンテナの森だ」ヴェエ・ユィイ・リィがいう。

次のミニチュア模型はさらに興味深かった。

正方形いっぱいに、エネルギーバリアが水平にひろがっている。ホールの下部に、やはりまったく見なれないかたちをしたユニットがそなえつけられている。だが、機械類は被覆されてはいない。そのため、縮小されてはいるが、ハイパー技術の領域に属していることが明白な部分をはっきりと特定することができる。だが、その機能はベネカー・ヴリングにもわからなかった。

　エネルギーバリアよりうえの部分は、エネルギー凝集体だけでできている。静止した物質はそこには存在しなかった。火花が荒々しい滝のようにあちこちにほとばしり出て球状になり、透明な天井の下で暗いボウルに吸いこまれていく。

「残念ですが」と、ベネカー・ヴリングがもう一度いう。「わたしには、《ウル・アム・タロク》のこんなわずかなミニチュア模型から巨大宇宙ステーションの目的をおしはかることはできません。ここでわれわれが見ているものは、まちがいなく《ウリアン》の一パーセントにも満たないほんの一部分にすぎません。これでは不充分です。それに、この模型であらわされているのはまったく未知の技術だ」

　レジナルド・ブルのちかくでくすくす笑う声が聞こえ、かれのとなりにイリパップの姿があらわれた。コーボルトは大きな正方形の上に跳び乗ると、そこを走りまわった。

「魔法使いが知らないことを」と、かれは走りながらいった。「わたしは知っている。テル・サム・ケルがよく話していたから。わたしにはかれの話はわからなかったが、かれの言葉はおぼえている」

　ブリーはまた悪態をつこうとしたが、その瞬間、これは思いがけないチャンスだと考えなおした。

「そのテル・サム・ケルというやつはいったいなんといったのかな、ちいさな友よ？」かれはほとんどおもねるような口調でたずねた。

イリパップはだしぬけに立ちどまると、その黒い三つの目でテラナーをじっと見つめた。

「わたしは本当にきみの友か？」かれはけたたましい声でいった。

「もちろんだとも、イリパップ！」ブリーは猫なで声を出した。「きみには本当に感謝している。もちろん、きみという存在に慣れるには少々時間がかかったが、いまではきみはわれわれの仲間だ。だから、その高位ハウリ人が……名前はなんだったっけ？　テラー・アム・ケルル？　……なんといったのか教えてくれ」

コーボルトは、細い脚をぐっと伸ばし、クッションのようなからだを誇らしげにすこし持ちあげた。

「《ウル・アム・タロク》にくらべたら、物質シーソーなどとるにたらないパンくずみたいなもんだ。そうかれはいった。完成したあかつきには、〝服従の地〟は巨大銀河全体を支配者ヘプタメルの帝国に移送し、六の日の領域に対してマグフルウ・マグハアの冒瀆《ぼうとく》的損害を存分に償うだろう。そうかれはいった」

レジナルド・ブルはぎくっとした。

マグフルウ・マグハアか。ハウリ人はハンガイ銀河をそう呼んでいる。かれらはカルタン人の呼び名よりもこの呼び方を好んで使う。〝縮みゆくもの〟を意味するタルカンという呼び名を、ヘクサメロンの門徒たちは冒瀆的と感じている。かれらは美化された呼び名が好きなのだ。

コーボルトのいったことが正しいとすれば、《ウリアン》は〝スーパー物質シーソー〟にほかならない。それが地方グループに属するあらゆる銀河に引き起こす危険のあまりの大きさに、ブリーは言葉を失った。

「思うに」と、ベネカー・ヴリングがいった。「歩くバーのスツールの言葉は真実の根幹をいいあらわしている。前から疑いを持ってはいたんだが、恐ろしすぎていえなかった」

「そのテル・サム・ケルとやらをとっつかまえて問いたださないと」レジナルド・ブルは思案しながらいった。

「わたしはきみたちをかれのところへ連れていける」コーボルトは主張した。

*

イリパップは相手の反応を待たず、ミニチュア模型から飛び降りると、円錐形の塔のほうへ先に立って早足で歩いていった。レジナルド・ブルはベネカー・ヴリングがしかたなさそうに苦笑いするのを見てかれのあとを追った。グッキーとヴェエ・ユィイ・リィもそのあとにつづく。

ブリーは小声でイルトにいった。

「この作戦の指揮をとっているのは自分だと思っていたんだが、いつのまにかベネカーが指揮官になっていた。そしてこんどは、三つ目のいかれたスツールがわれわれを先導している」

　ネズミ＝ビーバーは、「体力はすっかりもとにもどったみたいだ」と、だけ答えた。「これなら、イリパップを相手にすることもできるかもしんない。あいつのことは信用していいと思うんだけど」

「かれはなにか思うところがあるんだろうか」

「そうにきまってるよ、ブリー。だけんど、なにを考えているかはぼくにもわかんないや。あいつの思考はハウリ人のそれよりもさらに読みにくいんだ」

　かれらの前でハウリ人のコーボルトが立ちどまった。四本ある細い脚の一本をあげ、二本の円錐塔のあいだの上方を指ししめした。そこには、透明なかごが壁に固定されていた。

「ここが計画長テル・サム・ケルの住まいだ」と、かれは主張した。そういうと、かれの姿はふたたび見えなくなってしまった。

「ここはぼくの出番だな」グッキーがいった。かれは、ヴェエとヴリングといっしょに待っているブリーに目くばせした。「ここにはエネルギーフィールドのバリアはないみたいだ」

「気をつけてくれ」テラナーが警告する。

イルトはテレポーテーションした。透明なかごの外側で一瞬実体化し、それからふたたび姿を消した。

「ここにはだれもいないぜ」グッキーから通信が入った。「いま、操縦指令室にいる。細い通路が二本、ここから奥に向かってのびてるよ。奥からかすかな物音が聞こえる。一ハウリ人のメンタル放射を感じるけど、思考を受信することはできないみたいだ」

「こちら側から入れる入口はあるのか？」ブリーがたずねる。

「ある。きみたちから見て左側、半分の高さのところに。そこに、下向きに極性をあたえられた反重力フィールドもあるよ」

「われわれはグラヴォ・パックで行く」テラナーはいった。「ふたりとも、行くぞ！」ブルー族とヴリングに向かってそういうと発進する。

指令室まではわずかな距離だ。三名はほんの数秒で到着した。グッキーが入口で待っている。

「早くしないと」かれは小声で説明しながら、奥につながる、ふたつあるうちの右側の出口を指ししめす。「ハウリ人がもどってくる」

レジナルド・ブルは二名の技術者を奥のすみへ行かせ、自分はネズミ＝ビーバーとともに入口のわきに陣取った。グッキーはおや指を立てると、浮上していった。テラナーは幅のひろい、つくりつけの戸棚のかげに身をかくした。

年老いたハウリ人がゆっくりとした足どりで入ってきた。片手に、スイッチレバーのパーツを持っている。コンソールの穴にそれをさしこむと、スクリーンが点灯した。

突然、イリパップがスクリーン上に姿をあらわした。

「おーい、おいぼれテル！」コーボルトは甲高い声でいった。「会うのはずいぶんひさしぶりだが、変わってないな。いかがわしい商売の調子はどうだい？　きみはまだひからびてないのか？」

ブリーは怒りくるった。このいかれたコーボルトめ、なにもかもぶち壊しにしようとしている。

「消えろ、タルカン人め！」ハウリ人は腹を立てていった。

イリパップはくすくす笑いながら姿を消した。

「いまだ！」グッキーが鋭くいった。

「ちょっとでもおかしな動きをしてみろ、テル・サム・ケル」レジナルド・ブルはハウリ語でいった。「死ぬことになるぞ！」

ハウリ人はゆっくりと振りむいた。顔が苦痛にゆがむ。ネズミ＝ビーバーがテレキネシスでかれを制圧した明らかな証拠だ。

「おまえはだれだ。わたしをどうするつもりだ」かれは苦しそうにいった。

「ブリーと呼んでくれ」テラナーが答える。「このシートにすわって質問に答えてもらおうか」

「わたしはなにもしないぞ。ヘクサメロンの門徒に強要することはできないのだ。六日間教義にそむくくらいなら死んだほうがましだ。即刻ここからたちさるよう要請する！」

　グッキーはテレキネシス力を強めると、レジナルド・ブルが指定したシートにテル・サム・ケルを投げこんだ。ハウリ人はそのときはじめて、ネズミ＝ビーバーとベネカー・ヴリングとヴェエ・ユィイ・リィの存在に気づいた。だが、かれの目は依然として敵《てき》愾心《がいしん》と憎悪に燃えている。

　ロボット整備スペシャリストはすぐに、計画長の指令室の装置類をいじりはじめた。

「もし口を割らなけりゃ」と、グッキーが甲高い声でいった。「もうすこし強く締めあげてやってもいいんだぞ」

「死など恐れてはいない」ハウリ人はきっぱりといった。「支配者ヘプタメルの大いなる場所の完成をはばめるものはなにもない」

「そうでもないかもな」ベネカー・ヴリングはいくつかのギアを切りかえると、コンソールから向きなおった。「《ウル・アム・タロク》はヘクサメロン計画の決定的な要素だ。テル・サム・ケル、宇宙ステーションが存続するか否かはきみしだいだ」

「どういう意味だ、瀆神者《とくしんしゃ》め」ハウリ人が鋭くいう。

　レジナルド・ブルはヴリングの独断的な行動におどろいたが、なにもいわなかった。

「きみは見おとしているかもしれないが、計画長」と、ベネカー・ヴリングは無造作にいった。「われわれは、３９４４セクターと４１７８セクターときみの区域が交差している個所の付近から《ウル・アム・タロク》に侵入した。ここと３９４４セクター間の通信はすでに遮断されている。われわれは、なにもしないでここまでやってきたわけではない。交差個所に時限爆弾をしかけておいた。この爆弾は、遠隔操作でいつでも爆発させることができるし、もしわたしがなにもしなければ」と、いいながら、ヴリングはほとんど退屈そうな顔で腕のクロノグラフに目をやった。「きっかり四十八標準分後に自動的に爆発する。この爆弾によって引き起こされる原子火災は鎮火不能だ。だが、これで終わりではない。きみの区域でも、爆弾が二個、チクタクいっている。だから、ハウリ人よ、あやういのはきみの命ではない。《ウル・アム・タロク》の存続なのだ」

　計画長の目に動揺がはしった。だが、テル・サム・ケルは沈黙したままだった。

　ベネカー・ヴリングはハウリ人がすわっているシートの向きを変え、コントロールデスクと指令室の表示類が見えるようにした。画面上にはさまざまなシンボルが表示されているが、それがなにを意味するのかはレジナルド・ブルにもグッキーにもわからない。

「冒瀆の申し子め！」テル・サム・ケルはうめいた。「いったいなにをしたんだ？」

「さっきもういったじゃないか」ヴリングはおちつきはらって答えた。「危険にさらされているのはきみの命じゃなく、《ウル・アム・タロク》の存続なのだ。話してくれれば、きみは宇宙ステーションを破滅から救うことができる。ハウリ人よ、それはきみひとりにかかっているのだ」

テル・サム・ケルは頭をかかえた。ふたたび顔をあげたとき、かれの表情はすこしおだやかになっていた。

「わかった」かれはためらいがちにいった。「もともと、わたしが口を割るかどうかはべつに重要なことではない。〝服従の地〟に関する情報はきみたちにはまったく無価値だからだ。それを知ったところで、きみたちにはなんの損害も引き起こせない。《ウル・アム・タロク》から出ることはもはやけっしてできないのだからな。時空断層から引きかえす道はない。さあ、瀆神者たちよ、なにが知りたいのだ？」

「《ウル・アム・タロク》はどんな任務をになっているんだ」ブリーがふたたび発言の主導権を握り、たずねた。「宇宙ステーションの建設はいつ、そしてなぜはじまったんだ」

「二十年以上前のことだ」と、テル・サム・ケルは話しはじめた。「ヘクサメロンはついに、カルタン人のメエコラー・プロジェクトを確実に阻止することは不可能だと認識した。カルタン人とその同盟者たちは大昔から、唯一の真の教えであるヘクサメロンの教義に対して不正を働いてきた。不信心者たちはずっと前から、かれらがハンガイと呼んでいる故郷銀河マグフルウ・マグハアを支配者ヘプタメルの帝国から遠ざける計画を練っていた。そのせいで、六の日の完成はきわめてあやうくなっている」

「そんなことはわれわれも知っている」と、テラナーはハウリ人の話をさえぎった。「ちゃんと問いに答えろ。〝服従の地〟がそれにどうかかわっているんだ」

「メエコラー・プロジェクトは阻止しなければならない。不信心者たちはすでにその一部を実現することに成功してしまっているが。二十年前に《ウル・アム・タロク》の建設がはじまったときにはすでに、宇宙ステーションの完成はマグフルウ・マグハアのメエコラー移送阻止には間に合わないだろうとわかっていた。移送阻止が、《ウル・アム・タロク》建設の当初の目的だったのだがな」

「それで、〝服従の地〟の現在の任務は？」

「時間終止作戦は生きている。このプロジェクトはいくつかの部分計画でできている。マグフルウ・マグハアの喪失は避けられなかったから、しかるべき代替品をつくる必要があった。だから、マグフルウ・マグハアの恒星質量がメエコラーに移送されるたびにそれをメエコラーから支配者ヘプタメルの帝国に運ぶため、物質シーソーが建造された。物質シーソーで移送できる質量はごくかぎられている。つまり、物質シーソーが恒星質量をメエコラーから完成の大いなる場所に運んだとしても、質量の損失の埋めあわせにはまったくならないということだ。物質シーソーは当座しのぎにすぎない。シーソーはせいぜい、きみたちが三角座銀河と呼んでいる銀河のような、比較的ちいさな銀河の質量を移動させることはできるかもしれない。物質シーソーだけでは、〝六の日計画〟は実現できない。支配者ヘプタメルの領域の質量はどんどん失われていくだろう」

「もういいかげんに、〝服従の地〟について答えろ」ブリーが要求する。

「《ウル・アム・タロク》建設の当初の目的はマグフルウ・マグハアの移送を阻止することだった、とさっきいった。この任務は修正された。いつか《ウル・アム・タロク》がメエコラーに到着したそのときに、宇宙ステーションを時空断層にかくそうということになったのだ。実際、それは実現した。ここに、〝服従の地〟は完成する。われわれは目標達成まであとすこしのところまできているのだ」

「達成したら？」

「達成したら」と、ハウリ人は誇らしげにいった。「《ウル・アム・タロク》はありとあらゆる恒星をメエコラーから支配者ヘプタメルの帝国へ移送するだろう。そうすれば、不信心者たちの冒瀆的な計画によってこうむった損害がすみやかに償われるだけでなく、完成の場所に物質があまるほど提供されれば、〝六の日計画〟はさらに勢いを得ることになるだろう」

つまり、地方グループに属するあらゆる銀河が最高レベルの危険にさらされるということだ、とレジナルド・ブルは思った。

そして、宇宙ステーション《ウリアン》こそ、この想像もできないほどの危険の鍵にして源なのだ！

なにをすべきか、ブリーにはわかっていた。ペリー・ローダンとギャラクティカーに一刻も早くこの情報を伝えなければ。われわれはまだ時空断層に閉じこめられている。しかも、われわれ自身にも危険が迫っている。

とそのとき、ホールの反対側の端に十二体の戦闘ロボットがあらわれた。

赤いハウリ人一名にひきいられている。

「逃げるぞ！」テラナーは決断した。「テル・サム・ケルはここに置いていく。足手まといになるだけだからな」

「逃げられないようにしておこう」ベネカー・ヴリングはそういうとちいさなエネルギーフィールドを発生させ、ハウリ人をそのなかに閉じこめた。グッキーとヴェエ・ユィイ・リィはすでに、指令室の奥に向かおうとしていた。

8

せまい通路を猛スピードで移動中に、レジナルド・ブルは《ＣＩＭデルタ》との通信を試みた。通信はすぐにはつながらなかったが、自動装置の識別信号は維持されていた。

「指令室に」と、ベネカー・ヴリングがいった。「エネルギーバリアをもうあと二、三、設置しておいた。あの赤いハウリ人は非常に危険だ。ブロックしておく必要がある」

「いいぞ！」レジナルド・ブルは急いでいた。《ＣＩＭデルタ》との通信をなおも試みるが、なかなかつながらない。

ついに、エフレム・ハイライスカイが応答した。

「こちらは大混乱です」と、かれは報告する。「《シマロン》が攻撃を受けています。わたしもハウリ人に追いかけられています。ハウリ人たちは唐突に意見を変えたようです。自分たちの宇宙ステーションに損害をあたえるリスクをおかしてまで、はげしく攻撃してきています」

「われわれのことが鬱陶《うっとう》しくなったってことだ」と、ブリーは答えた。「そりゃあいい、実にけっこうだ。かれらはわたしのテラ流のトリックに引っかかるだろう。ニッキ・フリッケルかオーグ・アト・タルカンからの報告はとどいているか？」

「通信ゾンデとの連絡は定期的におこなわれています。《ソロン》と《マイ＝キ》は引きつづき、恒星サプライズのコロナにかくれられる位置にいます。《シマロン》ははげしい攻撃を受けたため、イアン・ロングウィンが何度か移動せざるをえませんでした」

「《シマロン》は現在どこに？」

「まったくわかりません。通信はとぎれてしまいました。イアンもわたしも自分のことで手いっぱいです。宇宙船が十七隻、わたしの船のまわりを飛びまわっています」エフレム・ハイライスカイは不安そうな声を出した。「わたしはどうすれば？」

「こちらの位置識別信号はとどいているか？」ブリーは、同行者三名とともに先を急ぎながらいった。「パラトロン様エネルギーバリアがいたるところにあるから、グッキーのテレポーテーションやベネカー・ヴリングの魔法だけでは心もとない。《ＣＩＭデルタ》にちかくにいてもらわなければ困るんだ」

「そちらの位置はわかっています」ハイライスカイはほっとしていった。「そちらへ向かいます」

「まずいな」ベネカー・ヴリングが、通路の先でほのかに光るグリーンのエネルギーバリアを指さす。「残念だが、このバリアを発生させている装置には近づけない」

ブルー族のヴェエ・ユィイ・リィはポータブル探知機をいじっている。ブリーとグッキーと痩せたテラナーは停止した。

「いや、近づけるかもしれない」ヴェエが表示を指しめす。

「本当だ」ベネカー・ヴリングが首席技師の肩に手を伸ばしていう。「亀裂エコーがある。よく気づいたな。これでなんとかなるぞ」

「なんともならないよ」グッキーがうめき声をあげる。「赤いハウリ人がやってくる。あらゆるバリアをこえてやってきたんだ。やつは正気を失っている。われわれを道連れに死ぬつもりだよ」

レジナルド・ブルは振りむきざまに、セラン防護服のすべての武器システムを作動させた。ネズミ＝ビーバーも、テレキネシス攻撃でブルを援護する。だが、すべてむだだった。赤いハウリ人はなおも突進してきた。防護バリアが、憎悪に燃えるその目と同じようにぎらぎらと光っている。

そのあとには、ハウリ人の戦闘ロボットがつきしたがっている。

ブリーはなおも攻撃をつづけたが、決定的な打撃をあたえたようには見えなかった。赤いハウリ人の防護バリアは不気味なほど強力だった。

ハウリ人の戦闘ロボットはブリーの攻撃を受けてばたばたと倒れた。だが、赤い戦闘服のハウリ人はびくともせずに反撃をつづけた。

「到着しました」と、いう声がブリーに聞こえた。エフレム・ハイライスカイだ。「ハウリ人の戦闘艦三隻に追いかけられています。まずいことになりそうです」

突然、グリーンのエネルギーバリアが崩壊した。技術者両名がやってのけたのかとブリーは思ったが、確信は持てなかった。

グッキーが合図をした。

「エフレムの位置はわかった。やってみるよ。ジャンプするかい？」

レジナルド・ブルはうなずいた。

イルトはテラナーとヴェエ・ユィイ・リィに触れた。テレポーテーションしたまさにそのとき、爆発が起きた。

この爆発によって赤いハウリ人が自分もろとも周囲をこなごなにした瞬間、ブリーとグッキーとブルー族はそこから消えていた。

ベネカー・ヴリングは、まだエネルギーの嵐のなかにいた。

《CIMデルタ》内に到着したレジナルド・ブルは、ロボット整備スペシャリストがいないことに気づいて悪態をついた。搭載艇《CIMデルタ》はふたたび《シマロン》のイアン・ロングウィンと交信ができるようになっていた。

「ぼくがベネカーを助けにいく」グッキーがいう。

「だめだ！　そんなことをしてももう無意味だ」ブリーは叫んだ。

だが、ネズミ＝ビーバーはすでに消えていた。一秒後、かれは打ちひしがれてもどってきた。

「あそこはもう、なにもかも吹き飛ばされてた」と、かれは報告した。「ハウリ人たちは《ウル・アム・タロク》を破壊しはじめたみたいだよ。たんにわれわれを遠ざけるためだけに」

「すばらしい！　いいぞ！　ブリーの計画どおりだ」

それはベネカー・ヴリングの声だった。痩せたテラナーが突然、ブリーとエフレムとグッキーとヴェエのとなりに立っていたのだ。

＊

「訊いてもいいか」と、レジナルド・ブルはいった。「どうやってここまできたんだ」

「いつでも訊いてください」ロボット整備スペシャリストはそういって笑った。「答えもちゃんとある。わたしはここにいる。グッキーはほんのすこし遅れて、自分でも気づかないうちにわたしをここまで連れてきたんだ。愛すべきやつです」

「そんなこと、ぼくは知らないぜ」イルトはとっさにいった。

「敵機がやってきます」ヴリングが探知機画面を指さす。

エフレム・ハイライスカイの操作によって《ＣＩＭデルタ》は加速した。乱立する柵のあいだを抜け、猛スピードで虚無宇宙をめざす。

レジナルド・ブルはイアン・ロングウィンと通信を再開する。

「全力で反撃しています」と、オーストラリア人は報告した。「ハウリ人たちはもうなんのためらいもなく攻撃してきます。《ウリアン》に被害がおよぶことにもおかまいなしです。かれらはわれわれのヴァーチャル映像をすでに見破っています。《シマロン》の現実の姿をかれらは認識しています」

「いいぞ！」ブリーは答えた。「出ていってくれと思わせてやる必要があるんだ」

「出ていく？」ロングウィンは老練なテラナーのいうことが理解できないようだった。

「どこへ？」

「出ていってくれと思わせるんだ」と、レジナルド・ブルはくりかえした。「時空断層から出ていってくれと。われわれにはドアを開けることはできない。だが、かれらにドアを開けさせることならできる。それには、かれらを思いきりうんざりさせてやるだけでいい。ハウリ人がよろこんでわれわれを時空断層から出してくれるまで、かれらをさんざん苦しめてやろう」

「それがあなたの策略なんですね？」イアン・ロングウィンは笑いながらいった。

「《ＣＩＭデルタ》の位置を特定しました。反撃しながらそちらへ向かいます」

一瞬しずかになった。《ＣＩＭデルタ》が時空断層の宇宙空間へとさらに突き進んでいたからだ。ハウリ人の船があとを追ってきたが、そこにはすでに《シマロン》が到着していた。

戦闘の混乱のさなか、《CIMデルタ》は母船にすべりこんだ。

レジナルド・ブルはただちに司令室へ向かう。同行者たちもあとにつづいた。

「《ウル・アム・タロク》の交差個所にしかけた爆弾に点火しましょうか？」ベネカー・ヴリングが赤毛のテラナーにたずねる。

ブリーは笑った。

「奇妙な戦友よ、そこに爆弾などない」

「どうしてそれがわかったんです」ロボット整備スペシャリストは驚いたふうをよそおってたずねる。

「わたしはだまされないぞ」ブリーは痩せた男の胸を指先で軽くたたいた。「きみはいいやつだ、ベネカー。だが……」

そのとき《シマロン》船内で警報が鳴りひびき、ふたりの会話はとぎれた。探知機のスクリーン上に、二十隻を超える数のハウリ宇宙船がうつしだされた。編隊の右翼が《シマロン》めがけてエネルギービームを撃ちこんでくる。

《シマロン》の防護バリアが赤熱《せきねつ》し、砲塔がハウリ船に向かって火を噴く。

「予測結果を報告します」と、シントロニクスが告げる。「われわれに勝ち目はありません」

レジナルド・ブルは再度、放送禁止用語を発してから、いった。

「われわれにはまだニッキ・フリッケルとオーグ・アト・タルカンがいる。《ソロン》と《マイ＝キ》がある。この戦闘、受けて立つぞ。われわれがここから出られるように、おろかなヘクサメロンの門徒たちにドアを開けさせるんだ」

アンテナからエネルギーが放射された。エネルギーが《ソロン》のゾンデに到達し、ゾンデはただちに母船にもどる。あと数分で、《ソロン》と《マイ＝キ》がやってくるだろう。

そのあいだ、《シマロン》は単独で戦った。

もはや手かげんなしだった。宇宙ステーション《ウリアン》はあちこちで崩壊しはじめた。ハウリ人たちの攻撃はますますはげしくなった。みずからを危険にさらすことになるため、《シマロン》は戦闘能力をフルに発揮することができなかった。ハウリ人や宇宙ステーションに対してトランスフォーム砲を使用すれば、宇宙ステーションの至近距離に位置する《シマロン》自身も、放出される莫大なエネルギーによって損害をこうむりかねない。したがって、のこされた道は逃げることだけだった。イアンとララは、持てる操縦技術のすべてを駆使して《シマロン》を操縦した。

レジナルド・ブルはその後の措置を首席操縦士にまかせた。寡黙なテラナーは慎重にふるまったが、《シマロン》の状況はきびしくなる一方だった。ハウリ人の攻撃はさらにはげしさを増した。

ここでブリーが指揮をとり、《シマロン》の針路を変更した。こんどは、楔型宇宙船は宇宙ステーション《ウリアン》中心部に向かって突進した。ハウリ人たちはそれでもあとを追ってきた。エネルギー軌道がすれ違い、交差した。エネルギーの嵐にさらされ、《ウル・アム・タロク》のあちこちでふたたび爆発が起きた。

《シマロン》はしだいに窮地に追いこまれた。とそのとき、《シマロン》は突然、ふたつの編隊に前後をはさまれていた。前方には、宇宙ステーション《ウリアン》から飛びだしてきたハウリ船が二十隻。後方には、優に十二隻が待ちかまえている。

「両名ただいま到着」それは、オーグ・アト・タルカンからの通信だった。「ニッキ・フリッケルとわたしだ」

敵宇宙船の後方に、《ソロン》と《マイ＝キ》の探知機エコーがあらわれた。両船はただちに攻撃を開始。ハウリ船の反応はばらばらだった。戦闘をつづけるものもあれば、攻撃を回避したり逃走するものもあった。一瞬、ハウリ人たちは大混乱におちいった。

ハウリ人たちは《ソロン》や《マイ＝キ》の存在を考えてもみなかったのだろう。激戦がつづいた。

「策略はまだあるぞ」レジナルドは毅然としていった。「恒星サプライズに針路をとる。

ただし、かくれはしない」

《シマロン》《ソロン》《マイ＝キ》は猛然と発進した。ハウリ船の列を突破し、サプライズをめざす。

「ほら！」ベネカー・ヴリングがブリーの肩を軽くたたき、探知機のスクリーンを指さす。

そこには細い輪がうつしだされていた。補足表示から、実際の直径は三十五光時であることがわかる。そして、このエネルギー画像のなかには、ちいさなしみがあった。

「隙間です」と、ベネカー・ヴリング。「時空断層の隙間」

「罠だ」レジナルド・ブルはうめいた。

「そうかもしれません」痩せたテラナーも自信がなさそうだった。

イリパップがだしぬけにあらわれ、ブリーの首に飛びついた。

「突っ切れ！」かれは甲高い声でいった。「ハウリ人が門を開けたんだ。これは罠じゃない、ブリー」

ブリーはコーボルトをつかまえようとしたが、その姿はとっくに消えていた。

「あの構造亀裂をすり抜けるぞ！」と、かれはさけんだ。その声はニッキ・フリッケルとオーグ・アト・タルカンにもとどいている。

イリパップの満足そうな笑い声がひびいた。ベネカー・ヴリングだけがまだいらだっている。《シマロン》が構造亀裂に突入したとき、かれはよろめき、レジナルド・ブルにぶつかりそうになった。《ソロン》と《マイ＝キ》は、なおもハウリ船を攻撃しながら《シマロン》のすぐあとを追う。

「とおりぬけました。ハンガイ銀河での位置を測定しています」八台のシントロニクス結合体が報告する。「われわれは通常宇宙にもどりました」

　予想外の展開ではあったが、ブリーは満足していた。結局のところ、かれの計画どおり、ハウリ人自身が時空断層からの脱出を可能にしてくれたのだ。

　追跡者の姿は消えていた。つまり、かれらは時空断層のなかにとどまったのだ。

「現在位置を特定せよ！」テラナーはうなるようにいった。

「時空断層に進入したポイントから」と、シントロニクスが即座に報告する。「およそ八光時はなれています。座標はすべて記録されています」

「時空断層の位置は？」

「時空断層の位置は測定不能です。それはたしかに存在しますが、ここからその存在を証明することはできません。時空断層の周辺は完全に通常の宇宙です。こちら側から見ると、時空断層という人工的微小宇宙は存在しないのです」

「かれらはわれわれの退去を容認した」と、レジナルド・ブルはいった。「あの宇宙ステーションはかれらにとって、ヘクサメロンの教義とほぼ同じくらい神聖なものだ。だが、われわれは《ウル・アム・タロク》についてさまざまな情報を得た。六の日の門徒たちはそれを思いしることになるだろう」

「右足のくるぶしが痛い」ベネカー・ヴリングが訴えた。「自分のキャビンでやすんでもいいですか」

　ブリーが許可をあたえると、痩せたテラナーは《シマロン》の司令室を出ていった。

「監視要員を二、三名、ここに配置する必要がある」と、レジナルド・ブルはいった。

「位置を特定することはできないにせよ、ハウリ人の時空断層はたしかにここにある。ハウリ人はいずれ、そこに出入りするだろう。それを記録する必要がある。そうすれば、時空断層への進入路がわかるかもしれない。時空断層と《ウリアン》からもたらされる危険を思うと、目眩《めまい》がする。ペリー・ローダンとアトランに一刻も早く知らせなければ」

「ペリー・ローダンはどこ？」ララことラランド・ミシュコムがたずねる。「ちかくにいるの？　それとも遠くに？　この宇宙に？　それともタルカンに？」

「わからない」ブリーは決然とした表情でいった。「ハンガイの第三クオーターがすでにこの宇宙に到着している。四四七年十一月三十日のことだ。ペリーはもうこっちに着いているかもしれない。着いているかどうか、突きとめよう」

「かれがちかくにいるようには感じられないよ」と、グッキー。

「もしかれがまだタルカン宇宙にいるのなら」と、レジナルド・ブルはいった。「わたしは最短コースでかれのあとを追ってタルカンにいき、ペリーに伝えなければならない。タルカンの最後の四分の一があらわれるまで待っているわけにはいかない。そのときにはもう遅すぎるかもしれないからな」

ブリーは《バジス》との交信を試みさせた。通信は乱れていた。ハンガイ銀河のストレンジネスがまだ妨害していたのだ。だが、通話はなんとかつながった。

ブルが対応した。かれは、ペリー・ローダンが通常宇宙に到着している具体的証拠があるかとたずねた。ないとの返答だった。アトランとタルカン遠征隊からも連絡はないとのことだった。

そこで、テラナーとしては、これから重要な情報とともに帰還するが、ベクトリング可能グリゴロフ・プロジェクターを《シマロン》に装備してほしいと要請するしかなかった。そのさい、かれはペリー・ローダンを探しにタルカンへ行きたいという意図をも強調した。

《シマロン》の司令室に平穏がもどってきた。

レジナルド・ブルは自分もひと息つこうとしたが、その前に、《バジス》に通信文を一通送った。この通信文は銀河系に遅滞なく転送され、そこからネーサンにも送られるはずだ。

その内容は、〝NGZ三九九年生まれのテラナー、ベネカー・ヴリングについて入手可能なかぎりの情報を即刻送られたし〟と、いうものだった。

今後の針路が定められ、ニッキ・フリッケル、オーグ・アト・タルカンの両名と申し合わせがされた。

*

《シマロン》《ソロン》《マイ＝キ》がハンガイ銀河の周縁部を移動しているあいだ、ベネカー・ヴリングは自分のキャビンにいた。

ここならだれにも見られないし、だれにも聞かれない。

かれはにやりと笑うと指をぱちんと鳴らした。

かれの前に、ダナ・ア・ダイヌの画像があらわれた。そのとなりをイリパップが笑いながら跳ねまわっている。

「きみたち、よくやった」と、ロボット整備スペシャリストはいった。「ダナはもう〝生きて〟はいない。それからきみ、歩くバーのスツールもさしあたっては用なしだ」

両名の姿が消えた。ベネカー・ヴリングはベッドで満足げに手足を伸ばした。

すべて、わたしの思いどおりに進んでいる。

あとがきにかえて

赤根洋子

年齢とともに、長年の運動不足のツケが回ってきた。

昔から運動が大の苦手だった。体育の授業にはいい思い出がひとつもない。だから、授業という形で強制されなくなって以来、運動とはいっさい無縁の生活を続けてきた。仕事柄、通勤時に歩くという習慣さえない。一日の歩数が数百歩などという日もざらにあったのではないかと思う。長年、それで平気だった。いたって健康体で、毎年受けている人間ドックでも引っ掛かる項目はほぼゼロだった。運動不足を人から指摘されても、「私はもともと、運動しなくても大丈夫な体質なの。下手に激しい運動なんかすると、活性酸素が発生して逆に身体に悪いんだってよ」といい加減なことを言って気にもとめなかった。もともと動くことが不得意で嫌いなうえに、どんなに運動不足でもまったく太らない体質ということもあって、運動しようという意欲が湧くはずもなかった。

　そこへやってきたのがコロナ禍である。ここ三年近く、ステイホームが推奨されたこともあって買い物に出歩くことさえめっきり減り、一日中テキストとパソコンに向かって座っている生活が続いていた。座りっぱなしは得意中の大得意だ。ヨーロッパへの直行フライト（もちろんエコノミークラス）も座りっぱなしが辛いと感じたことはないし、ワーグナーの楽劇の幕間でさえ、座席から一歩も動かず、プログラムを読んで過ごす。

　ところが、コロナ禍が明けるのをじっと座って待っているうち、心身ともに、これまでに経験したことのない不調を感じるようになった。まず、身体のあちこちが痛い。椅子から立って歩こうとしたとき、関節に言いようのない違和感を覚える。基本的な動作でひどく息切れする。食欲が落ちて体重が減り、しかも、これといって理由もないのに妙に気分が沈む。

　とどめは、去年の人間ドックの折にオプションでたまたまつけた骨密度測定で「要精密検査」の判定を受けたことだった。なんと、ふとしたはずみに骨折の恐れがあるとされるほどの数値を叩き出していた。ただ、そのほかに目立った異状はなかった。歩きながらおしゃべりすることもむずかしいほど息切れするにもかかわらず、貧血さえなかった。「でも先生、こんなにあちこち具合が悪いんです」と訴えると、医師は、事前に提出した自己申告用紙（食生活や睡眠、運動習慣など）と検査結果を見比べてから、困ったような顔になって言った。「運動不足なんじゃないですか？」

ちょうどその頃に翻訳していたのが、『直立二足歩行の人類史』という、アメリカの古人類学者の書いた本だった（ジェレミー・デシルヴァ著　文藝春秋）。人類の直立二足歩行の起源について、定説をくつがえす驚くべき新説が書かれている本なのだが、歩くことの大切さを痛感させられる本でもあった。人類のデフォルトである「歩く」という行動をさぼっているとどんなことになるかが、ウォーキングの効能に関する最新の知見にもとづいてくわしく述べられている。

摂取したエネルギーを運動によって消費しない生活が続くと、あまったエネルギーは体内の炎症反応を強化することに振り向けられる。慢性的炎症はがんや糖尿病や心臓病など万病の元である。一日に平均四千四百歩以上歩いている女性は、二千七百歩しか歩いていない人よりも遥かに生存確率が高く、一日七千五百歩までは「歩数が多くなるほど、健康で長生き」という比例関係が見られた、という調査結果がある。歩く（運動する）と、筋肉自身からマイオカインという長寿物質が分泌される。マイオカインはアルツハイマー病にも関係しているため、ウォーキングは認知症予防にも役立つ。さらに、鬱《うつ》病や不安神経症の改善にも効果があるという。

骨密度についても書いてあった。運動量が少ない人のほうが骨密度が低い、と。「鍛えたデブのほうが動かないヤセよりまし」とも書いてあった。ああ耳が痛い。著者は愛犬家らしく、犬を飼うことを勧めている。犬の飼い主は飼っていない人よりも一日に平均三千歩近くも多く歩く、と。だがあいにくと、猫と同居している私に、犬を飼い始めることはむずかしい。散歩といっても、近所は車がすれ違うこともできないほど細い道に自転車がかなりの高速で行き交っていて、歩きにくいことこの上ない。

そこで、以前入会はしたもののまじめに通っていたわけでもなく、コロナ禍でやめてしまっていたスポーツジムを再開しようと思い立った。最低でも週に二回通って、トレッドミルで七千五百歩をめどに歩こう。

七千五百歩を週二回、というのは我ながら低すぎる目標（あとの週五日は今までどおりなのだから）だと思ったが、それでさえ、実行するとなるとなかなかむずかしい。ノルマを果たしてジムから帰ってくるとそれだけで疲労困憊してしまい、その日は仕事もはかどらない。雨など降っていようものなら、ジムに出かけていくのがまずおっくうになる。

それでも、骨折の恐怖が怠け心に勝《まさ》った。週二回のジム通いを始めて半年近くになる。こんなに続くとは、（これまでまったく実績がないだけに）自分でも思わなかった。トレッドミルで黙々と歩き、あとはマシンでほんの少し筋トレするだけなので、それ自体は楽しくもなんともないが、だんだん歩行速度やマシンの強度を上げられるようになるとそれなりに達成感があるものだ。疲労感とないまぜになった爽快感もたしかにある。ウォーキングの効果をなにより実感したのは、食欲が戻ったこと。それとともに、体重もはぼ回復した。

実は先日、小さいがとても急ぎの仕事が入ったために時間にまったく余裕がなくなってしまい、ここ二週間近くジムに行けていない。その二週間でまためっきり筋肉量が減った気がするが、歩かないと具合が悪いと感じるようになったことこそがこの半年の成果と言えるのかもしれない、とポジティブに考え直す。急ぎの仕事も無事に提出できた。明日こそ、ジムに行こう。これからも、元気に座り続けるために。これからも、テキストとパソコンに向かい続けるために。

ユナイテッド・ステイツ・オブ・ジャパン（上・下）

ピーター・トライアス

United States of Japan

中原尚哉訳

第二次大戦で日独が勝利し、巨大ロボット兵器「メカ」が闊歩する日本統治下のアメリカで、帝国陸軍の石村大尉は特別高等警察の槻野とともに、アメリカが勝利をおさめた歴史改変世界を舞台とする違法ゲーム「ＵＳＡ」を追うことになるが——二十一世紀版『高い城の男』と呼び声の高い歴史改変ＳＦ。解説／大森望

メカ・サムライ・エンパイア（上・下）

Mecha Samurai Empire

ピーター・トライアス

中原尚哉訳

大日本帝国統治下のアメリカ西海岸の「日本合衆国」。軍人の両親を失ったゲーマー不二本誠は、皇国機甲軍のメカパイロットをめざすも、士官学校入試に失敗してしまう。絶望する彼だが、思わぬことから民間の警備用パイロット訓練生への推薦を受けることに……。衝撃の改変歴史ＳＦシリーズ第二作。解説／堺三保

七人のイヴ（上・下）

SEVENEVES

ニール・スティーヴンスン
日暮雅通訳

ある日突然月が七つに分裂した。二年後には無数の隕石が地表に降りそそぎ人類は滅亡する。人類は遺伝情報や文化遺産のデータを未来に残すため〝箱舟計画〟を立案した。計画遂行のため、宇宙で生き残る千五百人を選抜するために各国は決断を迫られる。人類の未来を俯瞰する破滅パニックSF大作！　解説／牧眞司

ハヤカワ文庫

セミオーシス

Semiosis

スー・バーク

水越真麻訳

二〇六〇年代、人類は惑星パックスに植民を開始した。植物学者のオクタボは、この星の植物が知性を持ち、人類を敵だと判断すれば、排除するだろうと知る。人間が生き残るには植物との意思疎通と共生が不可欠だが……。七世代百年以上にわたる植民コロニーの盛衰と、植物との初めての接触《ファースト・コンタクト》の物語。解説／七瀬由惟

ハヤカワ文庫

海外SFハンドブック

早川書房編集部・編

クラーク、ディックから、イーガン、チャン、『火星の人』、SF文庫二〇〇〇番『ソラリス』まで——主要作家必読書ガイド、年代別SF史、SF文庫総作品リストなど、この一冊で「海外SFのすべて」がわかるガイドブック最新版。不朽の名作から年間ベスト1の最新作までを紹介するあらたなる必携ガイドブック！

訳者略歴　早稲田大学大学院修士課程修了，ドイツ語・英語翻訳家　訳書『カルタン人の逆襲』マール&エルマー，『オクストーン人と提督』エーヴェルス&エルマー（以上早川書房刊）他多数

HM=Hayakawa Mystery
SF=Science Fiction
JA=Japanese Author
NV=Novel
NF=Nonfiction
FT=Fantasy

宇宙英雄ローダン・シリーズ〈693〉

三角《さんかく》座《ざ》銀河《ぎんが》の物質《ぶつしつ》シーソー

〈SF2414〉

二〇二三年七月　二十　日　印刷
二〇二三年七月二十五日　発行

（定価はカバーに表示してあります）

著者　クルト・マール
ペーター・グリーゼ
訳者　赤《あか》根《ね》洋《よう》子《こ》
発行者　早川　浩
発行所　株式会社　早川書房
郵便番号　一〇一 - 〇〇四六
東京都千代田区神田多町二ノ二
電話　〇三 - 三二五二 - 三一一一
振替　〇〇一六〇 - 三 - 四七七九九
https://www.hayakawa-online.co.jp

乱丁・落丁本は小社制作部宛お送り下さい。送料小社負担にてお取りかえいたします。

印刷・信毎書籍印刷株式会社　製本・株式会社川島製本所
Printed and bound in Japan
ISBN978-4-15-012414-4 C0197